곁이 되어

곁이 되어

김태헌 신부 에세이

M 31

곁이 되어

초판 1쇄 발행 2022년 1월 30일

지은이 김태헌
발행인 김시경
발행처 M31

© 2022, 김태헌

출판등록 제2017-000079호 (2017년 12월 11일)
주소 경기도 김포시 김포한강2로 11, 109-1502
전화 070-7695-2044
팩스 070-7655-2044
전자우편 ufo2044@gmail.com

ISBN 979-11-91095-05-0 03810

감사의 글

어릴 때, 어느 신문사에서 주최하는 글짓기 대회에 참가해서 상을 탄 적이 있었습니다. 그때는 글을 잘 써서 탄 것이 아니라 참가한 학생이 별로 없었기 때문에 참가한 학생 전체에게 주었던 상을 얼떨결에 받은 것입니다. 그 이후로 한 번도 글을 정식으로 쓴 적도 없는데, 이렇게 책이 나오게 되어 스스로 대견하다는 생각이 듭니다. 그러나 한편 부끄럽다는 생각이 떠나지 않습니다.

이 책은 레지오 마리애 단원들을 위한 훈화로 썼던 것을 엮은 것입니다. 당시에도 출간하자는 이야기가 있었는데 너무 부끄럽고 자신이 없어서 귀담아듣지 않았습니다. 전문적인 글도 아니고 학문적으로도 가치가 있는 것이 아니라고 생각해서 망설였던 겁니다. 그저 일상에서 일어나는 소소한 이야기들을 신앙의 눈으로 보고 끄적거렸을 뿐입니다. 그런데도 지인들이 계속 권하기에 마지못해 출간하게 되었습니다.

그러다가 시간이 지난 지금 다시 수정 보완해서 저의 사제 수품 25주년을 기념하여 은경축 선물로 신자분들에게 드리면 좋겠다는 제안이 있었습니다. 이번에도 망설였지만, 신자분들에게 드릴 선물이라면 괜찮을 거라는 생각에 그 제안을 받아들이게 되었고, 이렇게 출간하게 되었습니다. 일이 커진 것 같습니다. 하지만, 이제 후회해도 소용이 없고, 무르자고 해도 물러주지 않을 것을 압니다.

글을 쓰면서 작은 것에 대해서도 하느님께 감사드리게 되었고, 하느님의 사랑과 부모님의 사랑을 다시 한 번 마음에 새기는 소중한 기회가 되었습니다. 그 사이에 아버지와 늦둥이를 생산한 제수씨가 하느님 품으로 가셨고, 연평도 포격 사건을 통해 하느님을 만나기도 했습니다. 이 모든 것이 소소한 것 안에 담긴 사랑을 보았던 것이 은총으로 다가온 것이라 생각합니다.

6

부족한 글이지만, 소소하게 살아낸 일상을 신앙의 눈으로 보고 느낀 것을 적은 것이기에 제 삶과 제가 알게 된 주님의 은총을 담은 것이니 조금이나마 주님의 사랑을 느끼시는 데 도움이 되기를 바라는 마음 간절합니다.

◇◇◇

돌아가신 아오스딩 아버지와 도미니카 제수의 사랑과 기억을 담을 수 있어서 감사합니다. 어머니의 사랑과 누나와 자형, 형수, 형과 동생들의 사랑을 함께 담을 수 있어서 감사합니다. 그리고 이 책이 나오기까지 저를 제일 많이 괴롭힌 한국 로고테라피 연구소의 김미라 교수님과 M31 출판사 김시경 대표님께 감사를 드립니다. 특히 김미라 교수님은 이 책의 출간을 제안하였고, 책을 출간하기까지 제일 많이 제게 위로와 힘, 용기를 주셨습니다. 시골 소년에게 희망을 주어서 용기를 갖도록 물심양면으로 도와주심에 감사드립니다. 그리고 교구장이신 정신철 주교님, 총대리 이용권 신부님, 큰 형님 같은 조성교 신부님, 친구처럼 따뜻하게 대해 주시는 호인수 신부님, 사랑하는 후배 박호진, 임성환 신부와 동창 신부들, 함께하는 프라도 신부들께 감사드립니다.

한길 야간고등학교 선생님들과 본당 카페 댓글 벗님들께도 감사의 마음을 전합니다. 그리고 산행 동무들, 저를 위해 기도해 주시는 은인들께도 감사드립니다. 그리고 전에 있던 본당의 은인들, 특히 역곡2동의 조관제 요셉 형제님 부부, 정길운 마티아 형제님, 류병헌 라우렌시오 형제님, 남식이, 이영수 바오로 회장님, 권석우 다니엘 형제님, 대청도의 머털도사와 보성이 아빠, 할머니들, 청학동의 백종석 요셉 회장님, 투박하지만 정이 있는 김금규 야고보 부회장님, 권춘용 회장님과 김갑용 회장님, 신도의 김은실 글라라 자매님, 강정희 미카엘라 자매님, 신영순 실비아 자매님, 박승호 실비아 자매님, 김연임 그라시아 자매님, 김점순 마리아 자매님, 홍 마리아 자매님, 신영희 로사 자매님, 임용점 루치아 자매님, 조영녀 엘리사벳 자매님께 감사드립니다. 백령도의 이명순 율리오, 정두삼 대건 안드레아회장님, 이관성 안드레아 회장님, 연평도의 박춘근 안드레아 회장님, 백제현 마르코 회장님과 전선자 글라라 자매님, 도화동의 이동엽 루카 형제님께도 감사드립니다. 용현동의 준홍이와 기영이에게도 감사의 마음을 전합니다. 기도회 가족들에게도 감사드립니다.

그리고 무엇보다 주안5동 성당 구종천 마르코 사목회장님과 사목회 여러분을 비롯한 봉사자 여러분께 감사드립니다. 저

를 믿고 함께해 주신 주안5동 성당 신자분들께 깊은 감사의
마음을 전합니다. 또한 제가 아는 많은 신자분들, 특히 저의 영
적 여정에 함께해 주신 분들께 감사드립니다. 고맙습니다.

2022년 1월
김태헌 요셉 신부

차례

제2장 아버지

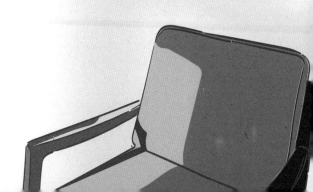

제3장 엄마의 젖꼭지

제4장 사진 속의 나

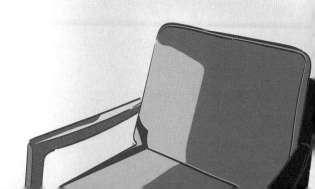

제 1 장

나를 찾습니다

입양

여러 해 전에 내가 잘 아는 형제님 댁에서 여섯 살짜리 남자아이를 입양하였다. 이미 자녀가 둘씩이나 있는데 입양을 결정한 것이다. 그러고는 잘 키우겠다며 나를 아이의 생일잔치에 초대해 주셨다. 입양된 아이는 잘생겼고, 어디서 교육을 받았는지 인사하는 법도 잘 알고 있었다. 나는 감사하는 마음으로 그분들과 함께했다. 그리고 그 아이가 잘 자라기를 진심으로 축복해 주었다.

돌아오는 길에 나도 아이를 입양해서 키우면 어떨까 하는 생각을 하게 되었고, 인터넷에서 자료도 찾아보았다. 자격조건이 무척 까다로웠다. 그리고 며칠 후에 평소에 친하게 지내는 다른 형제님에게 상의하였더니, 처음에는 "아이를 키우다 보면 시간이 부족하여 신부님의 본당사목에 지장을 줄 겁니다." 하시며 점잖게 반대하시더니, 내가 계속 입양을 했으면 하고 주장하니까, 나중에는 "신부님이 그 연세에 아이를 입양한다면 당장 사람들이 뭐라고 하겠습니까? 어디서 바람을 피우고 아이를 데려왔다고 하지 않겠습니까? 신자들에게 뭐라고 대답하시겠습니까? 저는 신부님의 다른 문제에 대해서는 무조건 찬성하고 따를 것입니다만, 입양문제에 대해서는 죽어도 반대입니다." 하시며 강하게 말씀하신다. 내가 미처 생각하지도 못한 문제였다. 아차 싶었다. 그럴 수도 있겠구나 하는 생각을 했다.

그러면서도 한편으로 사람들은 왜 그렇게 생각할까?, 남들이 의심하는 것이 두려워서 입양을 하지 말라고 하는 걸까?, 정말 신부는 아이를 입양하면 안 되는 건가? 하는 생각도 했다. 남들이 의심하는 것이 두려워 입양을 못한다는 것이 속상했다. 하지만 이런저런 생각 끝에 결국 나는 입장을 정리하였다. 입양을 못할 것은 없지만, 결국 다른 사람들에게 불편을 주지 말아야겠다는 생각으로 입양을 포기했다.

그랬다. 나에게 최선은 입양이 아니었다. 내 조카들, 본당의 자식 같은 아이들을 신앙 안에서 잘 키우는 것이 나의 최선이었다. 최선이라고 생각했던 것이 차선이 되고, 차선이라고 생각했던 것이 최선이 된 꼴이다. 과연 우리에게 최선은 무엇이고, 차선은 무엇인가? 그 상황에 꼭 필요한 것이 최선이 아닐까?

예수님 향기

누구나 한 번쯤은 개미들이 줄을 지어 어디론가 가는 모습을
지켜본 적이 있을 것이다. 미리 전화를 해서 약속을 하고 가는
것도 아닐 텐데 흩어지지 않고 일정한 방향으로 잘도 간다. 개
미들은 이동을 할 때 페르몬이라는 호르몬을 뿜어 동료들에게
연락을 한다고 한다. 페르몬은 개미들 서로의 연락 수단이자
생존 방법이다. 그래서 개미들은 앞선 개미의 도움을 받아 목
적지로 이동할 수 있게 된다고 한다.

만일 개미들에게 이런 호르몬이 없다면 집단생활을 할 수 없
다. 어떤 개미가 페르몬이라는 호르몬을 뿜어 내지 않는다면
또 다른 개미의 냄새를 맡지 못한다면 개미는 서로 흩어져 결
국 죽게 될 거다.

마찬가지로 우리 신앙인들도 그리스도의 향기를 풍기지 못

한다면 신앙인으로서 제대로 살지 못하는 거다. 우리는 주님의 향기를 맡고 그 향기를 전하는 주님의 향기가 되어야 한다. 페르몬이 개미들을 살아가게 하는 것처럼 주님의 향기는 우리를 살게 한다. 주님 향기에는 생명이 있고 희망이 있고 기쁨이 있다. 우리가 최선을 다하고 정성스럽게 하루를 살아간다면, 주님께 드리는 아름다운 향기로 바쳐질 것이다. 그 향기는 우리를 살리는 생명의 향기가 되고도 남는다.

2고린 2, 14-16

우리를 그리스도의 개선 행진에 언제나 끼워 주시는 하느님께 감사드립니다. 또 우리로 하여금 어디에서나 그리스도를 아는 지식의 향기를 풍기게 하는 하느님께 감사드립니다. 우리는 하느님께 바치는 그리스도의 향기입니다. 이 향기는 구원받을 사람에게나 멸망당할 사람에게나 다 같이 풍겨나가지만 멸망당할 사람에게는 역겨운 죽음의 악취가 되고 구원받을 사람에게는 감미로운 생명의 향기가 되는 것입니다.

신부님 바~보

아침에 일어나 눈이 소복하게 쌓인 성당 마당을 기대하며 창문을 열어 보니, 잔디밭과 성모상 주변을 빼고는 눈이 모두 치워졌다. 아침부터 눈을 치우는 소리가 나더니 성당 마당이 말끔해진 것이다. 누군지 모르지만 그분께 감사의 마음을 전한다.

잔디밭과 정원에 쌓인 눈을 보고 있는데, 성당에 열심히 다니는 초등학교 2학년짜리 서이가 지나간다. 장난기가 발동해 여름날에 하던 대로 물을 뿌릴까 하다가 추운 겨울에 해도 너무 한다 싶어 '서이 바보' 했더니, 즉시 '신부님 바보' 한다. 그래서 말을 바꾸어 '서이 천재' 했더니, 이번에는 '신부님 천재' 하는 것이다. 주어지는 자극에 반응을 보이는 것은 보통 사람들에게는 당연한 일이다. 바보에는 바보로, 천재에는 천재로 말이다.

'가는 말이 고와야 오는 말이 곱다', '상대방은 나의 얼굴이다' 하는 옛말이 새삼스럽다. 내가 한 말 그대로 나에게 돌아올 것이며, 내가 어떤 표정으로 남을 대하느냐에 따라 상대방도 나를 그렇게 대할 것이다. 그래서 조심스럽다.

그런데 주님과는 어떨까 하는 생각이 든다. 내가 '하느님 바보' 하는 식으로 막 살았어도 주님께서는 '○○ 바보'로 대답하지 않으신다. 옳지 못했던 나의 행동에 대해 별로 답하시지 않으신다. 그러나 내가 바치는 기도, 선행에 대해서는 즉시 답을 해 주시니 알다가도 모르겠다. 이것이 주님의 사랑일 것이다. 우리 엄마들이 그랬듯이, 나쁜 것은 당신이 먹고 좋은 것은 자녀들에게 먹이려 했던 것처럼, 주님께서도 나쁜 것이 우리의 몫이 될 양이면 참고 기다리시고, 당신 몫으로 돌리시니 감사할 뿐이다.

서이에게 한 수 배웠다. 그 소중한 가르침을 준 아이에게 감사한다. 그리고 그 아이를 보내 주신 주님께도 감사를 드린다.

불량 교회

얼마 전에 선배 신부님의 지인인 시중 은행의 지점장님을 만날 기회가 있었다. 식사를 마치고 차를 마시면서 대화를 나누는 중에 지점장님의 "은행이 살아남기 위해서는 상위 20%의 고객 관리에 신경을 쓸 수밖에 없다."라는 말을 듣고, 나는 적지 않은 충격을 받았다. 그 말이 이해가 되기도 하면서 "그러면 나머지 작은 고객은 어떻게 하나?" 하는 생각이 들었다. 그 이후로 "교회가 살아남기 위해서는 어떻게 하는 것이 좋을까?" 하는 생각도 하게 되었다.

경제학에는 '라이킨의 법칙', 일명 '80대 20 법칙'이 있다고 한다. 일종의 생존의 법칙이라 하겠다. 살아남기 위한 처절한 몸부림이기도 하고.

그런 관점에서 보면 우리 교회는 빵점짜리 불량 교회가 분명하다. 살아남기 위해 우수 고객만 집중적으로 관리해야 하는데, 불량 고객까지 관리하고 있다. 오히려 불량 고객을 더 찾아 나서고 있으니 말이다. 우수 고객만 관리하는 것이 경제학적인 측면에서는 유리하다고 하겠지만, 불량 고객을 잘 관리하는 것이 교회에 도움이 되고, 교회가 살아남을 수 있는 좋은 방법이 된다. 분명 경제학적인 측면에서는 교회는 빵점짜리 기업이다. 그래도 그렇게 해서 망하는 교회는 여태껏 하나도 없다.

세상은 불량 고객을 관리하는 기쁨, 다시 말씀드리면 잃어버린 양을 찾는 기쁨을 알 수가 없다. 경제학에서는 이 기쁨을 알 수가 없고, 가르치지도 않는다. 다만 주님의 말씀이 살아 숨쉬고 있는 교회만이 그 기쁨을 품고 있다. 잃어버린 한 마리 양을 찾고 기뻐하시는 주님을 생각해 보자. 우리 주변의 쉬는 교우들을 찾자. 그리고 그들과 함께하는 교회가 될 수 있도록 함께 힘을 모으자. 주님께서는 불량 교회를 더 좋아하실 거다. 나는 불량 주님과 함께하는 불량 교회가 좋다.

四當五落

요즘은 판공성사 기간이라 성당에 돌아오는 시간이 늦다. 대략 10시 반에서 11시 정도가 된다. 지친 몸을 이끌고 돌아오는 나를 은은한 빛을 내는 가로등이 조용히 맞아 준다. 성당이 아늑하게 느껴진다. 거기에 조배실에 불이 환하게 켜져 있으니 더욱 마음이 편해진다. 누군가가 기도하고 있을 거다.

잠시 조배하러 들어가 보니, 자매님들이 기도하고 계신다. 그런데 조는 듯이 보이는데 손에서 묵주알이 돌아가고 있고, 눈을 감고 계신데 살아 움직이는 영이 느껴진다. 너무 평화로워 보인다. 분명 이분들도 낮시간에도 바쁘게 지내셨을 텐데, 지친 몸을 이끌고 밤늦은 시간에 주님 앞에서 하루의 삶을 정리하고 그 삶을 봉헌하고 계신 모습이 아름답기만 하다. 무슨 연유로 늦은 시간에 저토록 간절하게 기도하시는 걸까? 그 이유가 궁금하기도 하다. 그러면서도 몸은 피곤하지만, 마음은 평화롭게 거듭나고 있다.

4당5락(四當五落)이란 말이 있다. 4시간 자면 대학에 합격하고, 5시간 자면 떨어진다는 말인데, 우리나라에만 있는 말이라고 한다. 학창시절에 이 말 때문에 고민을 하지 않은 사람이 없을 정도로 입시생들을 압박하던 말이다. 돌아보면 우리를 아련한 추억으로 이끌고 있지만, 그리 유쾌한 말은 아닌 듯싶다. 누구나 할 것 없이 입시생들은 원하는 대학에 합격하기 위해 잠을 줄여 가면서 공부를 해야만 했다. 입시생들에게 4당5락이란 말이 끔찍했어도 모두 이런 마음으로 공부에 임하는 분위기였기에 어떤 반론도 제기하지 못하고 그 분위기에 따라야 했다. 내 친구는 입시 전날에도 4당5락을 외치며 밤새워 공부하다가 시험시간에 코피를 흘리기도 했다고 한다.

이런 입시전쟁을 치른 나는 이토록 늦은 시간에 기도실에서 간절하게 기도했던 적이 있는가를 돌아보게 된다. 입시에 4당5락이 있었다면, 기도에도 4당5락이 있을 텐데. 그렇게 기도하는 분들을 보기는 했어도 나는 솔직히 아직 기도에 4당5락을 하지 못하고 있다. 하지만 그분들의 기도에 나의 작은 기도를 얹는다.

형수의 퍼주기

아버지는 우리 형제들에게 어릴 때부터 "부모가 죽으면 큰형 부부가 부모 노릇을 대신해야 한다."고 엄하게 가르치셨다. 그리고 평소에도 맏형의 위치를 존중해 주셨다. 그래서 나는 형이 말하는 것이면 아버지의 말씀으로 알아듣고, 형수가 말하는 것이면 엄마의 말씀으로 알아듣게 되었다. 지금 생각해 보면 아버지의 교육이 가정의 질서와 평화를 위해 참으로 필요한 말씀이었다는 것을 깨닫게 된다.

얼마 전, 형수가 과로로 인해 목에 종양이 생겼다는 연락을 받았다. 동생네가 하던 식당을 형네한테 넘겨준 이후로 하루도 제대로 쉬지 못하고 일만 하던 형수에게 아픔이 찾아온 것이다. 그전에는 눈이 잘 보이지 않는다 해서 마음고생을 시키더니 이번에는 종양이란다. 악성이 아니기를 조용한 마음으로 기도한다. 악성이라고 하면 고생만 한 형수가 너무 불쌍할 것 같아 마음이 아프다.

나는 그런 형수에게 잘 해 주고 싶었다. 그래서 언젠가 형네 가게에 가서 삼겹살에 소주를 한잔 하고 나서 종업원 언니들에게 "우리 형수를 많이 도와주시라."는 부탁을 했다. 옆에 있던 형수가 운다. 나도 모르게 눈물이 나온다. 시동생과 형수 사이는 참 어려운 관계라고들 하지만, 나는 형수가 좋다. 가족을 위한 헌신적인 모습이 좋고, 가난한 사람이 오면 아무도 모르게 고기를 듬뿍 잘라 주는 모습이 너무 좋다. 아마 형수의 그런 모습이 형네 가정을 지켜 주는 아름다운 모습이 아니었나 싶다. 퍼주기 좋아하는 형수는 그런 모습을 우리 엄마한테 배웠을 것이다. 엄마는 형수보다 더한 퍼주기 선수니까 말이다.

형수는 내가 가도 그렇다. 형네 가게에서 식사를 하고 돈을 내면 "신부님이 무슨 돈이 있나?"며 한사코 받기를 사양한다. 그러면 나는 몰래 형에게 돈을 건넨다. 눈치를 챈 형수는 내가 낸 돈보다 더 많은 돈을 봉투에 담아 나한테 "조카들 위해 기도해 주시면 된다."며 슬며시 건네준다. 민망하지만 상황이 이렇게 되고 보면, 나는 형 몰래 조용히 받아 둔다. 형수한테 남들은 제 살길은 찾지 않고 퍼준다고, 헤프다고 흉을 보는 사람들도 있겠지만, 내가 알고 있는 형수는 주는 것을 통해 작은 사랑을 실천하고 있는 것이다. 형수는 나누는 것이 행복이라는 것을 즐기고 있었다. 최선을 다해 나누는 형수의 모습이 아름답다. 나는 형수가 좋다.

나의 얼굴

주변에서 이런 일을 자주 경험한다. 상대방의 이야기를 끝까지 들어 보면 건의를 하거나 질문하는 것인데, 이야기를 듣는 동안에는 화가 난 얼굴로 짜증을 내거나 못마땅한 표정으로 말을 시작하니까 '내가 무슨 잘못을 했나' 하고 겁부터 난다. 그래서 그런지 요즘은 사람들을 만나는 것이 그전처럼 편안하지만은 않다. 나의 부족함과 함께 사람들과의 만남에 대해 생각해 보게 된다. 편안한 만남을 회복하고 싶다.

또 이런 일도 겪는다. 본당 신부가 사목적인 방안을 제시하면 부족하고 모자란 부분에 대해서 서로 토의하여 보충하고 보완해 주는 것이 아니라 부족하고 모자란 부분을 트집 잡아 집중적으로 성토하기도 한다. 이런 상대는 정말 피하고 싶다. 자기 뜻에 같이하지 않는 사람은 다 적이 되나 보다. 정말 답답하다.

좀 더 편안한 만남이고 싶다. 어떤 이야기를 나눈다고 해도 마음으로 만나는 만남이었으면 좋겠다. 긴장하고 불안한 만남이라면 그 만남에는 기쁨이 없다. 서로의 뜻을 주고받되 서로 도움이 되는 만남이었으면 좋겠다.

사십이 되면 자기 얼굴에 책임을 져야 한다고 한다. 살면서 이런저런 어려움과 고통을 겪으며 살게 마련이지만, 이런 어려움과 고통을 극복한 사람들은 그 얼굴에 진지함이 배어 있다. 그런 사람에게는 웬만한 시련에도 끄떡하지 않는 여유가 있다. 그런 사람은 서로를 편안하게 해 주는 방법을 알 거다.

우리는 주님을 신앙하는 사람들이다. 우리들의 말과 행동이 주님의 얼굴이다. 우리의 표정이 주님의 얼굴이다. 편안한 얼굴로 주님을 드러내는 신앙인이 되었으면 좋겠다. 우리는 신앙생활을 하면서 주님의 은총으로 많은 어려움을 겪어 냈다. 지혜와 여유를 삶으로 드러낼 때다. 내 얼굴은 어떤 모습으로 비춰지고 있을까?

더 늦기 전에

나는 사제관에서 식사를 할 때에 딱히 이야기할 사람도 없고 해서 거의 TV를 켜 놓는다. 아침식사 때에는 뉴스를, 저녁식사 때에는 '동물의 왕국'인지 '동물의 세계'인지를 자주 본다. 하루는 아프리카의 야생쥐에 대한 내용이 나오기에 관심 있게 보았다. 이 야생쥐는 재빠르게 움직이며 먹이를 먹고 교미를 해서 새끼를 키운다고 했다. 나는 올해가 쥐띠이기도 해서 인터넷에서 쥐에 대해 자료를 찾아보았다. 쥐는 일반적으로 수명이 2~3년 정도로 짧아서 생존기간 내에 많은 새끼를 낳는데, 생후 2개월부터 교미를 할 수 있고, 한 번에 7~10마리 정도를 낳고, 1년에 6~8회 정도 새끼를 낳는다고 한다. 그래서 쥐 한 쌍이 1년 동안 수천만 마리의 새끼를 낳는다고 한다. 실로 엄청난 숫자다.

쥐의 경우, 생존기간이 짧기 때문에 더 많이 움직이고, 더 많은 새끼를 낳는 것이 자연의 순리라고 한다면, '나는' 또는 '우리는'이라는 명제를 떠올리지 않을 수 없다. 사제로서 '내가 이 본당에서의 임기가 얼마 남았으니, 남은 기간은 쉬면서 하자' 또는 본당의 봉사자로서 '단체장, 구반장, 사목위원의 임기가 얼마 남았으니 그때까지만 잘 버티자'라는 생각이 있다면, 그 것은 자연의 순리를 어기고 있는 것은 아닐까? 나에게 주어진 시간 동안 최선을 다하는 것이 하느님께서 바라시는 일일 텐데, 소홀히 해서는 안 될 일이다.

오랜 기간 쉬다가 다시 성당에 오신 분들, 연세 드신 분들, 늦게 세례를 받으신 분들도 모두 남은 인생 동안 더 열심히 살아야 순리에 맞춰 사시는 것이 아닐까 싶다. 나에게 남은 생애가 그리 길지 않다면, 더 열심히 일하고, 결실을 맺기 위해 노력해야 하는 것이 삶의 순리일 것이다. 이것이 또한 삶의 지혜일 것이다. 그렇다고 유아세례를 받거나 젊은 분들은 게으르게 살아도 된다는 말은 아니다.

그런데 가끔은 대충대충의 모습이 보이고, 남의 사정은 고려하지 않는 모습이 있으니 답답하고 아쉽기만 하다. 신앙은 그게 아닌데. 만일 내 자녀가 대충대충 산다면 부모 입장에서 뭐라 할 것인가? 그저 관심 없는 사람처럼, 모르는 사람처럼 쳐다만 보고 말 것인가? 공감한다면 지금 시작하자. 남은 기간 동안 열심히 해서 좋은 결실을 맺자. 이것이 신앙이며 하느님의 뜻이다.

8인실

누워 침 뱉기인 것을 알지만, 그래도 진지하게 나를 돌아보고 싶었다. 나는 그전에 병원에 입원하여 심장시술을 받았다. 시술 결과는 완벽하지는 않아도 어느 정도 잘 되었다고 선생님이 말씀하신다. 의사 선생님과 기도해 주시고 도와주신 모든 분들께 감사를 드리며 며칠 동안 병원에 머물면서 느꼈던 점들을 새겨보고자 한다.

내가 배정받은 병실은 8인실이었다. 병실에 들어서니 연세 드신 분들이 많이 계셨다. 나와 같이 심장 질환으로 고생하시는 분들 같아 보였다. 간단한 인사를 나누고 짐정리를 하고 나서 묵주기도를 하는데, 옆에 계신 분이 "직업이 뭐냐?" "어디서 왔냐?" "나이는 몇 살이냐?" "어디가 아프냐?" "애들은 몇이나 있냐?" 하며 다가오신다. 이분의 질문에 나는 뜻하지 않게 거짓말을 하게 되었다. 그냥 '천주교 신부'라고 밝히면 될 일을

'직장 다닌다' 하고 둘러댔더니, 이제는 하지도 않은 결혼도 스스로 해야 했고, 없는 아이들도 급히 만들어야 했다. 그것도 넷씩이나 말이다. 이런 걸 두고 자가당착(自家撞着)이라고 하던가? 아무튼 나는 피곤하고 착잡한 마음으로 그분의 말에 관심을 두지 않고 퉁명스럽게 대답하였고, 그분은 내게 싸가지가 없는 녀석 같은 분위기를 느끼셨는지 이내 말을 접고 당신 자리로 가신다.

그런데 다음 날 병원 측으로부터 1인실로 가겠느냐는 연락이 왔다. 병실에서 하룻밤을 잤는데도 혼자 있고 싶은 생각이 들었다. 입원하신 분들의 보호자와 방문객들이 너무 시끄럽게 떠드는 등 주변 상황이 편치 않았다. 그리고 본당에서 바쁘게 지내다 보니 병원에서라도 조용히 쉬고 싶은 생각도 있었고 해서 1인실로 가고 싶다고 뜻을 밝혔다. 나는 신부생활을 하면서 같은 병으로 입원한 적이 한 번 있었다. 내가 1인실에 가기를 원한 것은 8인실이 시끄럽고 불편해서라기보다는 1인실의 편리함에 젖어 1인실을 선택했다는 것이 더 맞는 표현인 것 같다. 그런 결정을 하고 나서 "내가 괜한 결정을 했나?" 하는 생각도 들었다. 병실을 떠나는데 이런 생각 때문인지 그분들에게 인사도 제대로 하지 못할 정도로 마음이 편치 못했다. 이분들에 대한 미안한 마음이 살짝 고개를 내민다.

솔직히 고백하자면, 요 며칠은 나에게 은총의 시간인 동시에 부끄러운 시간이었다. 오랫동안 앓아왔던 병을 치료하였으니 은총으로 알고 주님께 감사를 드려야 하겠으나, 부끄러운 고백도 해야겠다. 젊은 신부가 불편하다 해서 부모 같은 연배의 어르신들과 어울리지 못하고 혼자 1인실로 뛰쳐나오는 모습이 스스로 괘씸하게 느껴진다. 거기에다 신부들의 치료비는 교구에서 전액을 부담해 주기 때문에 돈 걱정은 하지 않는다. 이번의 경우도 수술비가 1천만 원이 넘게 나왔으니 무척 큰돈이다. 그런데도 나는 돈에 초월한 도인처럼 그 많은 수술비에도 신경도 안 쓰고 있으니 무슨 조홧속인지 모르겠다. 이런 분위기 속에서 1인실을 쓰는 것을 당연한 것처럼 여기며 1인실에 머물다 왔다. 내 부모님이 병원에 입원하실 때마다 1인실에 계신 적은 단 한 번도 없었는데도 말이다.

왜 신부인 나는 8인실에 만족하지 못하고 뛰쳐나온 것일까? 비싼 1인용 병실 사용료를 교구에서 내 주기 때문에 돈 걱정을 하지 않아서일까? 1인실의 편리함에 젖어서 그런 것일까? 아니면 보호자들과 문병 오신 분들의 무례함 때문에 불편해서 그런 것일까? 며칠간의 시간을 돌아보면서 은총을 느끼지만, 한편으로 부끄러움도 많이 느껴진다. 나 스스로에게 특권층처럼 대하는 내가 나에게 너무 무기력했다. 잘난 곳이라고는 쥐뿔도 없는데도 말이다. 주님을 닮은 사제가 되기를 원했고, 가난하게 살기를, 가난한 이웃과 함께 살기를 희망했던 나에게 "사는 꼬라지 하고는?" 하고 주님께서 야단치실 것 같아 죄송스럽다.

지금 생각해 보면 8인실이든 1인실이든 나에게 그렇게 중요치 않았다. 정작 나에게 중요했던 것을 잊고 지냈다. 감사하는 마음도, 함께하는 마음도, 아끼는 마음도 없었다. 병원에 입원해서 시술을 했던 것도 은총이지만, 나의 부족함을 알게 된 것이 더 큰 은총이 아닐까?

주님, 사제직이 3D 업종이랍니다

잘 아는 분들과 식사를 하며 여러 이야기를 나누던 중에, 어떤 분이 "신부님, 신부라는 직업이 3D 업종이라면서요?" 하신다. 그러면서 "세상이 편하고 즐거운 것만 찾고 있으니 젊은 사람들이 사제가 되려고 하지 않는 것 같아요."라고 하시며 나를 위로하신다. 뜨끔했고 당혹스러웠다. 언제부터 사제직이 이렇게 매력 없는 직업(?)이 되었나 싶어 속상했다. 사실 사제직은 직업이 아니다. 주님의 사랑과 기쁨을 신자들과 나누고 그들에게 복음을 전하라고 하느님께서 주신 특별한 소명이고 직분이다, 비신앙인들이 생각하는 것처럼, 사제직이 직업이라면 시간에 맞춰 출근하고, 퇴근하면 내 시간을 즐길 수 있다. 또 월급날만 기다리며 지낼 수도 있다. 아무튼 사제직은 직업이 아니다

더럽고(Dirty), 위험하고(Dangerous), 어렵다고(Difficult) 해서 3D인데, 사제직이 더럽고 위험하고 어려운 직업(?)이란 말인가? 물론

사제들에게는 빨간 날(국경일이나 공휴일)도 없다. 주5일제가 시행된 지도 오래건만, 주말이 되면 눈코 뜰 새 없이 바쁘다. 월요일 하루를 쉬는데 월요일은 더 바쁘다. 평소에 미뤄왔던 일을 해야 하고, 사람들도 만나야 한다. 그래서 월요일에도 제대로 쉴 수가 없다. 거기에다 병자성사를 언제 신청할지 모르니 항상 출동대기 중이다. 또 잔등이가 가려워도 긁어 줄 사람이 없는 독신으로 지내야 한다. 이래서 사람들은 사제직이 3D 업종에 속한다고 하는가 보다. 그러나 나는 이런 의견들에 대해 반기를 들고 싶다.

이런 불편한 모습만이 사제직의 전부라면 나도 사제직이 싫을 거다. 위에서 말한 내용은 대부분 사실이지만, 주님께서는 그러는 중에 기쁨과 보람을 충만하게 채워 주신다. 돈도 많지 않고 바쁘지만 행복할 수 있는 방법을 알려 주시니 얼마나 다행인가? 젊은이들이 편한 것만 추구하고 희생하려 하지 않고 사제가 되려 하지 않는다 해도 나는 사제직을 살아내야 한다. 그렇다고 어찌 젊은이들과 세상 탓만 하고 있겠는가? 그들을 탓한다고 해서 해결될 문제는 아니다. 오히려 모든 사제들이 더 열심히 삶을 살아낼 때 사제직이 직업이라든지, 3D 업종이라든지 하는 문제가 해결되리라 본다. 사제들이 더 열심히 기도하며, 부지런하고(Diligent), 남다르며(Different), 섬세한(Delicate)

삶을 산다면 기피하는 업종보다 선호하고 기대하는 업종이 될 것이다.

"주님, 제가 아주 폼나게 살 수 있는 방법은 무엇인가요? 젊은이들이 저를 보고 아주 '뽕'가게 할 수 있는 방법 좀 알려 주세요. 사제직이 매력 있고 은혜로운 선택이라고 외칠 수 있게 힘을 주세요."

행복을 팝니다

내 주변 사람들의 얼굴이 바로 나의 얼굴이라는 말이 있다. 내가 기분 좋게 웃고 있으면 다른 사람도 이유를 묻지 않고 그냥 웃어 준다. 또 내가 근심 걱정으로 인해 찡그리고 있으면 나를 조심하고 경계하며 같은 표정을 짓게 된다. 그래서 나와 함께 지내는 사람들의 모습과 표정을 둘러보면 내가 어떤 삶을 살고 있는지 금방 알 수 있다.

내가 기쁨과 행복 속에 있다면 다른 사람들에게도 내가 의도했든 그렇지 않든 간에 자연스럽게 그 기쁨과 행복이 전해지게 마련이다. 그래서 상대방들이 마음 편해질 수 있고 나를 편하게 대할 수 있다. 반면 내가 기분 나쁜 표정을 짓는다면 내 기분을 그들에게 알리게 되는 것이고 그로 인해 상대방들을 긴장하고 경계하도록 만들고 있는 것이다. 그러니 주님께서 우리에게 주신 사랑과 평화, 행복을 간직하고 다른 사람들에게도 전해 줄 수 있기를 노력하면 좋겠다.

마더 데레사의 말씀이다.

"당신이 가는 곳마다 사랑을 전파하세요. 먼저 당신 자신의 집에서 그 일을 실천하세요. 당신의 자녀와 남편을 사랑하세요. 어떤 사람이든 당신을 만나고 나면 더 나아지고 더 행복해지게 하세요. 하느님의 사랑이 당신을 통해 표현되도록 하세요. 당신의 얼굴에, 당신의 눈에, 당신의 미소 속에, 그리고 당신의 따뜻한 말 한마디 속에 하느님의 사랑을 표현하세요." 이 말씀을 마음에 새기며 주님을 사랑하는 마음으로 가족과 이웃들에게 사랑과 행복을 전하는 우리가 되면 좋겠다.

든 자리와 난 자리

얼마 전에 시골집에 가서 며칠 쉬다 돌아왔다. 성당에 돌아오려고 짐을 꾸리고 있는 나에게 어머니께서는 섭섭하신 투로 "든 자리는 몰라도 난 자리는 표시가 난다."는 말씀을 하셨다. 아들 신부가 건강이 좋지 못하다는 것을 알고 계셨기에 늘 걱정을 하셨고, 거기다 내가 돌아간다는 것이 섭섭하셨기에 당신의 마음을 이 한 마디 말씀에 담아 내셨다. 나는 순간 어머니 마음의 빈자리를 느낄 수 있었다. 귀로는 그 소리를 들었지만, 내 마음에는 어머니의 빈자리를 채울 수 있는 사랑도 말도 없었다. 부끄러운 마음만 남아 있었다. 운전하며 돌아오는 길이 왜 그리 시뿌옇고 라디오에서 나오는 음악이 서글프게 들리던지….

비록 나흘간이긴 했지만 나는 이렇게 집에 오래 머문 적이 없었다. 신부가 되면 집을 떠나 소임지에서 지내야 한다는 생각

44

으로 부모님을 자주 찾아뵙지 못했다. 하지만 내가 집을 떠난 뒤로 부모님은 그런 나를 위해 하루도 빼놓지 않고 새벽부터 기도하며 지내셨다. 그런 부모님에게 바쁘다는 이유로, 피곤하다는 이유로 자주 찾아뵙지 못했다. 한 달에 한두 번씩 집에 간다 해도 잠시 앉아 있다가 돌아오는 정도였다. 그랬기에 나는 더욱 부끄러웠다. 어머니께서 잡아 주신 손이 부끄러워 조심스럽게 떨리고 있었다. 어느 부모도 마찬가지겠지만, 찾아오지 않아도 항상 부모님은 나를 기다리신다. 내가 오지 않을 것이란 것을 아시면서도 나를 기다리시고 또 기다리신다. 그러면서 항상 내가 건강하고 하는 일이 주님 도우심 속에 잘 되기를 기도하신다.

내 부모의 채워지지 않는 난 자리를 누가 있어 채울 수 있단 말인가? 온갖 사랑을 다 내어 주시며 키운 자식인 내가 채우지 못한다면 누가 채울 수 있단 말인가? 이제 나이 들어 생긴 난 자리의 서운함을 그분들은 스스로 채워 나가기 힘들다. 그것이 한이 되고 그리움이 되는 것이다. 자주 찾아뵈어야 한다. 그렇지 못하면 전화라도 자주 드려야 한다. 이렇게 하는 것이 부모님의 난 자리, 빈자리를 채워 드리는 것이면서도 동시에 나를 위한 일이 되는 것이다. 효도는 부모님을 위한 것이며, 동시에 나를 위한 것이다.

주말농장

도시 외곽으로 나가면 많은 사람들이 주말농장에서 열심히 일을 하고 있는 모습들이 보인다. 거기에는 두어 평씩 되는 작은 밭도 있고, 십여 평씩 하는 제법 큰 밭도 있다. 아무튼 분양받은 사람들은 1년 동안 그 밭의 주인이 되어 거름도 주고 물을 주면서 밭을 정성스럽게 가꾸고 있다. 주인은 자신의 취향에 맞게 상추, 쑥갓, 고추, 열무, 고구마, 아욱, 배추 등을 다양하게 심어 놓고 가꾼다. 요즘은 이른 아침에 나와서 일을 하고 서둘러 출근하는 사람들도 많다. 여기에 토요일, 주일 그리고 공휴일이면 가족단위로 나와 깔깔거리며 웃기도 하고, 가족끼리 두런두런 이야기를 하며 일을 하기도 한다. 그런 모습들이 좋아 보인다. 이들이 키우는 것은 농작물이 아니라, 가족 간의 사랑과 정성과 추억을 키우는 것이기 때문이다.

여러 해 전부터 이렇게 주말농장에 많은 사람들이 몰리는 것은 무슨 이유일까 궁금했다. 많은 사람들이 유기농 먹거리를 선호하여, 한철이지만 내 손으로 직접 농사지어 먹겠다는 뜻일 수도 있고, 소일거리 삼아 밭을 빌려 농사를 짓는 것일 수도 있다. 아니면 어릴 적 향수를 느끼고 싶은 마음에서 농사를 짓는 것일 수도 있고, 건강에 도움이 될 것 같은 마음에서 시작한 것일 수도 있다. 그렇지만 이유가 무엇이든 크게 상관은 없는 것 같다. 이 사람들에게는 밭에서 열심히 땀을 흘려 일을 하고 밭이 내어주는 소출을 얻는 것이 가장 기쁘고 행복할 것이다. 이것이 주말농장을 하면서 얻는 가장 큰 수혜가 아닌가 싶다. 이렇게 자연으로 돌아가 위로를 얻고 기쁨을 얻는 것이 우리 인간들이 찾는 본모습일 지도 모른다는 생각이 든다.

많은 사람들이 자연을 즐겨 찾는다. 누구나 휴가나 소풍을 가면 자연을 찾게 마련이다. 또 은퇴하면 고향에 가서 산다는 사람도 있고, 한적한 시골에 가서 작은 집이라도 지어 말년을 자연 안에서 조용히 살고 싶다는 사람도 많다. 이것은 욕심이 아니다. 자연의 품, 어머니의 품으로 돌아가고 싶은 소박한 마음이다. 또 자연으로 돌아간다는 것은 지극히 신앙적이다. 앞에서 말한 것처럼, 이 사람들은 주말농장을 하면서 소박한 기쁨을 맛보았고, 농사를 지으면서 자연으로 돌아가고 있었다. 또한 땀 흘려 정직을 배웠고, 고향의 맛을 느꼈고, 돌아갈 곳이 어디인지를 배우고 있었다. 이분들처럼 자연에서 사랑을 배우고 싶다.

번호표

작년 초에 본당에서 같이 지냈던 장해도 신부님과 비자를 받으러 명동에 있는 중국 영사관에 간 일이 있다. 그곳에서 번호표를 뽑고 한참을 기다리다가 잠깐 밖에 나갔다 왔는데, 우리 차례가 지나갔다. 놀란 마음으로 창구에 가서 "우리 차례가 지났는데 어쩌면 좋겠냐?"며 서류를 내밀었더니, "번호표를 다시 뽑고 차례를 기다리라."고 했다. 우리는 하는 수없이 번호표를 뽑고 한참 기다려야 했다.

요즘은 은행, 우체국, 동사무소, 병원 같은 곳에 가더라도 번호표를 뽑고 내 차례를 기다려야 한다. 어떤 누구도 다 그렇게 한다. 몸이 아파서 병원에 가도 다 똑같은 처지에 있는 사람들이니 내 입장을 봐달라고 하지도 않는다. 내 차례를 알리는 '딩동' 하는 소리에 맞춰 기계처럼 움직인다. 보이지 않는 서로의 약속이니 '딩동' 소리를 기다려야 한다.

엉뚱하지만, 이런 생각을 해 본다. 시간이 가면 나이를 먹듯이, 시간이 가면 누구나 천국에 갈 수 있으면 좋겠다. 번호표를 뽑아 들고 시간이 지나가기를 기다리면 내 차례가 오는 것처럼 천국도 시간이 가면 우리에게 찾아오는 것이면 좋겠다. 그러나 현실은 그렇지가 않다. 나이를 먹는 것도 그냥 먹는 것은 결코 아니다. 아픔과 고통을 수없이 겪어내야 나이를 먹는다. 질곡(桎梏)의 시간을 거쳐야만 나이의 가치가 드러난다. 또 생각 없이 시간을 죽여도 내 차례가 되는 것이 아니다. 무료함을 이겨내야 내 차례가 온다.

마찬가지로 우리에게 다가오는 천국도 그저 시간이 지나면 오는 것이 아니다. 주님의 말씀대로 깨어 준비하는 사람에게 찾아온다. 그 시간을 아무도 알 수가 없기에 우리는 계속 기다리며 준비해야만 한다. 주님을 기다리는 마음으로 살아왔던 순간순간들이 우리의 정성으로 주님께 기억될 것이다. 천국은 번호표를 뽑아 들고 기다리는 것과 같지 않다. 천국은 정성을 다해서 살아갈 때 주어지는 은총임을 깨닫는다.

여자 말을 들으면 자다가도 떡이 생긴다

어릴 때부터 나는 "암탉이 울면 집안이 망한다.", "남자가 부엌에 들어가면 ○○이 떨어진다."는 말을 듣고 자랐다. 나는 스무살 정도까지, 집안의 최고 어른이셨던 할아버지와 할머니의 권위 있는 이 가르침을 당연한 것으로 알고 지내 왔는데, 요즘 같아선 그 가르침도 지금 시대에 맞게 바뀌어야 한다고 생각한다. 가부장적 사회에서 가정과 사회를 다스리는 가장 효과적인 방법이 바로 '암탉이 울면 집안이 망한다.'는 교육이 아니었을까 한다. 사실 집안에서 큰 소리가 나지 않아야 남편들은 밖에서 마음 편히 일을 하게 된다. 그렇지만 큰 소리가 나지 않게 하는 것만이 집안을 잘 다스리는 것은 아니다. 여자니까 무조건 순종해야 하고, 남편의 뜻을 따라야 하는 것이 가정을 지키는 유일한 방법이 아니라는 것이다. 지금 나는 여성, 남성의 편을 가르자는 것도 아니고, 누구의 편을 들자는 것도 아니다. 부부의 연을 맺고 사는 사람이라면 남녀 구분 없이 서로의 부족한 부분을 도우며 열심히 살라는 말을 하고 싶은 것이다.

가끔 할아버지들은 "여자 말을 들으면 자다가도 떡이 생긴다."고 하신다. "암탉이 울면 집안이 망한다"는 말과는 전혀 딴 말씀이다. 오랜 세월을 같이 사신 분들의 말씀이라 부정하고 싶은 마음이 없다. 오히려 동감하고 크게 외치고 싶다. 남자들이 새겨들어야 할 말이다. 이제부터는 집안이 평안하려면 여자 말을 들어야 한다. 그리고 여자를 모성을 지닌 어머니로 이해한다면 만사형통할 거다. 어머니의 말에는 지혜가 있고 사랑이 있기 때문이다. 젊어서는 남자 뜻대로 많이들 해 왔지만, 그리고 남자들이 목소리를 높여 왔지만, 나이가 들면서부터는 여자의 말을 들을 차례다. 시대의 흐름은 어쩔 수가 없다. 이렇게 하지 않으면 참부부의 삶을 살아내지 못하게 된다. 이게 부부 삶의 참모습이라면 받아들여야 한다. 부부가 머리를 맞대고 이야기를 나누면 없던 지혜도 주님께서 주신다는 것을 깨달을 때가 되었다.

교회에서 혼인을 한 사람이라면, 누구나 다 "나 ○○○는 당신을 내 남편(아내)으로 맞아들여 즐거울 때나 괴로울 때나 성할 때나 아플 때나 일생 신의를 지키며 당신을 사랑하고 존경할 것을 약속합니다." 하고 혼인 서약을 했다. 서로 아끼고 돕기를 약속했으니 서로 머리를 맞대고 집안의 대소사를 의논하며 지혜를 모아야 할 것이다. 이제는 그 약속을 실천해야 할 때다. 지금처럼 살아가기 힘든 때일수록 서로의 힘을 모아야 한다. 우리는 이미 하느님 앞에서 무언의 약속을 했기 때문이다.

예수님의 몸값은?

제목이 너무 투박하다는 생각이 든다. 그렇다고 대신할 다른 말이 생각나지 않아 그대로 두기로 한다. 어린아이 같은 생각이지만, 나는 가끔 '예수님의 몸값은 얼마일까? 운동선수나 연예인은 몸값이 몇억 또는 몇십억씩 하는데, 예수님의 몸값은 도대체 얼마나 할까?' 하는 생각을 할 때가 있다. 참 궁금하다. 역설적이기는 하지만 나는 예수님의 몸값을 안다. 내가 예수님의 몸값을 책정하니까 말이다. 이게 무슨 뚱딴지같은 소리일까 하는 분들이 계실 것이다.

나는 병자성사, 장례미사 때문에 성가 병원에 자주 가게 된다. 혼자 가는 경우도 있지만, 대부분의 경우는 신자분들과 봉고차를 타고 같이 가게 된다. 병원 입구에서 주차권을 받게 되는데, 문제는 여기에 있다. 운전하시는 분이 "신부님을 모시고 병자성사를 드리러 왔습니다." 하고 말하면, 근무자는 내 신분을 확인하려고 목을 빼며 차 안을 들여다본다. 그러면 나는 그때까지 빼놓고 있던 로만칼라를 다시 차며 점잖게 웃으면서 인사를 건넨다. 내가 신부인 것을 확인하고 나서 그분은 오히려 정중하게 인사를 하며 우리를 보내 준다. 얼굴이 화끈거린다. 주차비 몇백 원을 내지 않으려고 예수님을 팔아먹는 꼴이 되었다.

나는 성가병원에 다니면서 한 번도 주차비를 내 본 적이 없다. 물론 성가병원에서 신부들에게는 주차비를 무료로 해 주어서 고맙지만, 나는 병원의 정문을 오갈 때마다 로만칼라를 하게 된다. 그래야 주차비를 내지 않기 때문이다. 그럴 때마다 얼마나 기분이 이상한지 모른다. 몇백 원의 주차비를 받지 않는 것에 대해서 감사하다는 인사를 하는 의미에서 로만칼라를 차는 것인지, 내가 신부인 것을 알아달라는 뜻에서 차는 것인지 몰라도, 아무튼 나는 로만칼라를 찬다. 어떤 것이어도 기분은 좋지 않다. 결국은 내 행동은 예수님을 팔아먹고 있으니 말이다.

밖에서 담배를 피울 때나 술을 마실 때 나는 거의 칼라를 하지 않는다. 그리고 관공서나 다른 병원에 갈 때도 칼라를 거의 하지 않는데, 유독 가톨릭계 병원에 갈 때마다 칼라를 하고 간다. 내가 신부라는 것이 드러나기를 바랄 때, 주차비를 관면 받을 때만 칼라를 하는 얍삽한 신부가 되어 버렸다. 한때는 나름대로 괜찮은 신부라고도 생각했던 적이 있었는데. 이렇게 초라해지는 것은 왜일까? 유다는 제물로 바칠 소 한 마리 값인 은전 30에 예수님을 팔아넘겼는데, 나는 단돈 몇백 원에 예수님을 팔아넘겼으니 얍삽한 신부에 쩨쩨한 신부가 되고 있다. 예수님을 내 마음대로 가격을 매기고 단돈 몇백 원에 넘기고 있으니 죄송할 따름이다. 진정한 회개가 저 너머에서 나를 기다린다.

예수님께서 나를 당신의 도구로 쓰셔야 하는데, 나는 예수님을 주차비를 대신하는 도구로 사용하고 있다. 그러면서도 나를 알아주기를 바란다. 이런 배신이 어디 있는가? 비단 이것만으로 국한된다면 다행일 것이다. 나를 알아주지 않으면 화를 내고 섭섭해하는 이유 또한 예수님의 삶을 사는 것이 아니라 예수님의 사람으로 산다고 하면서 예수님을 등쳐먹는 사람이기 때문이다. 예수님을 사랑한다고, 예수님을 따른다고 하면서 예수님을 팔아먹는 행위가 우리를 얼마나 힘들게 하는지 이미 경험해 본 사람들은 다 알 것이다. 오늘은 씁쓸한 하루다.

부족한 우리들

교구의 원로 신부님께서 어느 모임에서 "내가 죽어 하느님께 불려 가면 내가 살았던 삶을 증명해야 하는데, 선업을 쌓아 놓은 것이 없으니 걱정일세. 나는 장상께 순명도 별로 하지 않았고, 청빈하게 살지도 않고, 그나마 내가 내세울 것은 정결의 덕밖에 없는 것 같네. 그런데 정결에도 때가 많이 묻어 있는 것 같아."라고 하시면서 우리들의 신원에 대해 고민하게 하셨다. 그 신부님은 한평생을 사제로서 열심히 사시고도 이런 말씀을 통해서 제대로 살지 못하는 후배 신부들의 고개를 숙이게 만드셨다. 모든 사제들은 사제서품 때 순명, 정결, 청빈을 주교님께 서약한다. 그리고 사제로 살아가는 동안 이것을 지키려고 많은 노력을 한다. 물론 나에게 있어서도 마찬가지다. 이 일을 계기로 다시 한 번 내가 닦아 놓은 것은 무엇인가 고민하게 되었다.

나에게는 사람들에게 내세울 만한 변변한 것이 있는가? 나에게는 내세울 것이 별로 없는 것 같다. 재작년(2007년 5월)에 있었던 프라도 서약식이 끝나고 공지사항 때 나는 "저에게 축하한다는 말을 하지 않으셨으면 좋겠습니다. 서품식 때 주교님께 서약했던 대로 정결, 순명, 청빈을 제대로 살지 못하고 있으니까 이렇게라도 살아보려고 온 힘을 다해 애를 쓰는 것입니다. 굳이 말씀하신다면 '예수님의 말씀대로 잘 사세요 또는 열심히 사세요.'라고만 해 주세요."라고 했다. 그렇다. 사제로서의 삶을 제대로 살아내지 못하니까 어떻게 해서든 주님 뜻대로 살아보려고 애를 썼던 것이 부족한 나의 모습이다. 신학생 때는 다른 동료들에게는 재능을 다채롭고 풍요롭게 주시고 나에게는 안 주셨다고 불평도 많이 했었는데, 이제 와 보니 안 주셨다고 생각했던 것이 나에게 더 많이 주신 것이라는 것을 깨닫게 된다. 적어도 부족한 것을 알고 노력하게 이끄셨으니 나에게는 안 주신 것이 더 많이 주신 것이라는 것이다. 이 얼마나 행복하고 다행스러운 일인가?

또 나는 각자에게 주어진 일을 정말 정성껏 임하며 열심히 노력하시는 본당 교우분들을 보면서 자극을 받고 있다. 본당 신부로서 부끄럽지만, 이것이 솔직한 나의 고백이다. 내가 부족하기에 열심이신 분들을 통해 주님께서 바라시는 열심을 회복하고 싶기 때문이다. 이렇게 열심이신 분들을 만난 것은 나에게 행운이고 은총이었음을 고백한다. 가만히 주변을 돌아보면, 우리는 잘하는 것만 내세우고 주님께 봉헌할 수 있다고 생각하는 경우가 있다. 그러나 부족한 것도 주님의 도움으로 열심히 극복하고자 노력한다면 부족했던 것이 새로운 은총으로 우리에게 다가오는 것을 알 수 있다. 부족하기에 노력할 수 있고 주님께 의지할 수 있으니 부족한 것이 나에게는 은총이다. 주님께서는 부족한 나에게 은총을 넘치도록 담아 주셨다. 모두가 감사할 일이다.

낙엽주간

나는 신학생 때 수원신학교에 다녔다. 그러다가 교구에 신학교가 설립되면서 동기생들과 함께 인천신학교로 전학하게 되었다. 양쪽 신학교는 진입로가 무척 아름답다. 인천신학교 진입로에는 계수나무와 느티나무가 있고, 수원신학교에는 진입로에 은행나무가 있다. 인천신학교 후배들이 들으면 섭섭할지 모르겠으나, 나는 진입로 풍경은 수원신학교가 더 아름답다고 생각한다. 가을이면 노란 단풍이 들어 지나가는 사람들의 발을 잡는다. 지나가다가 단풍이 아름다워 사진을 찍고 간다는 사람들도 있다.

이런 아름다움 뒤에도 문제가 있다. 끝도 없이 떨어지는 낙엽을 어떻게 처리하느냐가 문제였던 거다. 아침마다 청소를 하지만, 아침식사 후부터 학과 공부가 시작될 때까지 20~30분동안 그 많은 낙엽을 청소하기란 너무 무리다. 한번은 청소당

번 신학생들끼리 모여 대책을 논의한 결과 학생회에 낙엽주간을 건의했다. 진입로를 깨끗이 쓰는 것도 중요하지만 떨어지는 낙엽을 밟고 산책을 하며 가을의 정취를 느끼는 것도 중요하지 않느냐는 취지의 건의를 한 것이다. 학생회에서도 우리가 올린 건의를 긍정적으로 검토한 후에 담당 신부님과 상의한 결과 3주간의 낙엽주간을 선포하게 되었다. 적어도 3주 동안 노란 낙엽이 떨어진 진입로에는 달력에나 나올 법한 멋진 배경을 사진에 담아 두려고 사람들이 늘어났고 신학생들 또한 점심식사 후나 묵주기도 시간 전에 진입로에 나가 낙엽을 흩날리며 즐거워했다.

올해에는 신학생 때 느꼈던 낙엽주간의 정취를 가까운 산책로에 나가 느끼는 것에 만족해야 할 것 같다. 성당 마당에는 낙엽주간을 선포할 만큼 공간도 나무도 충분치 않지만, 그래도 단풍이 들 때면 참 아름답다. 바바리에 스카프를 두르고 커피 한잔하는 여유를 찾았으면 한다. 그리고 아름다움과 여유로움을 회복시켜 주신 주님께 감사를 드리는 시간을 갖는 것을 또한 잊지 않았으면 한다. 교외로 나가지는 못하지만 그리고 비록 넓지 않고 충분하지 못하지만, 성당 마당에서 가을을 느낄 수 있으면 좋겠다.

소지품

요즘은 남자들도 여자들처럼 작은 손가방을 가지고 다니는 모습을 심심치 않게 볼 수 있다. 그 속에 무엇이 들었을까 궁금증도 생기지만, 분명한 것은 필요한 것이 많기 때문에 가방을 들고 다닐 것이고, 가방 속에는 그 사람에게 필요한 것이 들어 있다는 것이다.

가방 속에 무엇이 있느냐가 그 사람의 삶을 말해 준다. 나는 여행이나 연수, 교육을 갈 때면 반드시 챙기는 것이 있다. 묵주, 작은 성경책, 성무일도, 지갑, 열쇠, 약, 그중에서도 우황청심환을 꼭 챙긴다. 그렇다면 나는 누구일까? 건강이 좋지 않은 사람? 기도하는 사람? 성당에 다니는 사람? 이렇게 봐 준다면 만족한다. 들고 다니는 가방이 있다면 속을 들여다보자. 무엇이 들었는지, 꼭 필요한 것들인지.

지난주, 교구사제 연수 때 약을 챙기지 않은 것이 생각나서 중간에 돌아와서 약을 챙겨 갔다. 필요한 것을 빠뜨렸을 때는 그것을 챙기게 마련이다. 또 지갑을 빠뜨리고 외출을 해서 내내 불편한 마음으로 다닌 적이 있다. 교통 단속을 하면 어쩌나, 돈이 없는데 돈 쓸 일이 생기면 어쩌나 하는 걱정 아닌 걱정을 하면서 지낸 적이 있다. 꼭 챙겨야 하는 것을 챙기지 않은 탓에 불편을 겪게 되는 것이다.

누구나 필요한 것을 꼭 지니고 다닌다. 그것이 없으면 불편하고 큰일 나는 줄 안다. 요즘은 어른이나 아이들이나, 남자나 여자나 할 것 없이 휴대전화가 없으면 불편해서 못 산다고 한다. 이제는 필수품이 되어 우리 곁을 지키고 있는 모습이다. 외출할 때는 말 할 것도 없고, 잠을 잘 때도 옆에 두고 잔다. 휴대전화가 우리 수호신이 되어 버린 것 같다.

우리는 외출할 때나 여행을 할 때 필요한 것을 꼭 챙기게 되는데, 하느님을 챙기라고 하면 너무 불경스러울까? 나를 지켜 주시고 나와 함께해 주실 분과 함께하라고 하면 간섭이 될까? 가방에 물건을 챙길 때 하느님도 함께 챙기라고 하면 하느님께서 야단을 치실까? 하느님 없이는 불안하지 않고 불편하지 않게 그냥저냥 살아갈 수 있는데, 휴대전화가 없으면 불안하고,

지갑이 없으면 안절부절못하고, 돈 없으면 불안해하는 것은 어쩐지 어색하고 기형적이다.

단풍이 아름다운 이유?

가을이 깊어 간다. 시월 중순부터 단풍이 시작된다는 뉴스가 들려온다. 봄과 여름 내내 분주했던 들녘은 추수를 마친 후에 긴 휴식에 들어가는 듯하다. 올해도 가까운 곳에 단풍구경이라도 다녀와야겠다는 생각을 했지만, 해마다 그랬던 것처럼 꿈으로 끝나는 것 같아 약간 아쉬운 생각이 든다.

단풍이 아름답게 드는 것은 무슨 연유일까? 가을이 되면서 나뭇잎에는 엽록소가 제대로 생성되지 않고, 생성된 엽록소마저 파괴되어 푸른색을 잃기 때문에 각각 다른 색소가 나타나는 것이 단풍을 아름답게 만든다고 한다. 과학적으로는 이런 설명이 당연하지만, 나는 다른 면에서 생각해 보고 싶다.

단풍이 아름다운 것은 자기 죽음을 준비하기 때문에 아름답다. 가야 할 때를 알고 가야 할 준비를 하기에 아름답다는 것이다. 최선을 다해 삶을 살았고, 자기 삶을 정리하는 모습이 이렇게 아름답다. 열악한 환경에서도 정성을 다해 결실을 맺고 떠날 준비를 하는 것이 아름답다.

일반적으로 떠난다는 것에 대해 아쉬움과 미련을 갖겠지만, 그렇다고 떠나지 않을 방법이 없다. 죽는다는 것은 다른 생명을 준비하는 것이기에 슬프지도 아쉽지도 않다. 이 생각이 없이는 죽는다는 것, 떠난다는 것은 아쉽기만 할 거다. 단풍이 들고 낙엽이 지는 것을 보면서 우리도 스스로 잘 떠나는 준비를 하게 된다. 우리도 순간순간의 삶을 잘 정리하면서 주님께로 떠날 준비를 한다면 또 그런 마음으로 죽을 준비를 해 간다면 아쉽지도 불행하지도 않게 아름답게 남은 삶을 살 수 있다. 누가 나를 보고 아름답다고 하면 좋겠다.

자리를 팔아먹는 사람

우리 성당에는 좌석이 700석가량 있지만, 거의가 지정된 좌석이다. 매일 미사를 드리시는 분들, 특히 연세가 드신 분들일수록 항상 앉던 자리에만 앉으려고 하신다. 습관적으로 그 자리에 앉게 되고, 그 자리에 다른 사람이 앉으면 괜히 섭섭한 생각까지 든다고 한다. 내가 미사를 드리면서 봐도 항상 같은 자리에 앉던 분들이 다른 자리에 앉거나 그 자리에 다른 분이 앉아 있으면 어딘가 모르게 어색해 보인다. 항상 그 자리에서 미사를 드리고 기도를 했던 자리라면 더 애정이 갈 것이란 생각이 든다. 누구나 자기가 앉던 자리에 익숙한 법이다.

그전에 어느 본당에서 쉬는 교우를 방문한 적이 있다. 같이 갔던 어떤 형제님이 쉬는 교우에게 "성당에 있는 내 자리를 줄 테니, 나 대신에 그 자리에 앉아. 내 자리는 100만 원을 주고 산 자리인데, 자네에게는 그냥 공짜로 줄게." 한다. 모두들 그 형제님이 지혜롭게 말한다고 생각했다. 그 후에 쉬던 분이 성당에 다시 나오게 되었다. 그런데 문제는 그 형제님이 자리를 양보하고 나서 정말로 성당에 나오지 않는다는 것이다.

예수님을 팔아먹은 유다 이야기는 들어서 알고 있지만, 성당 자리를 다른 사람에게 팔아먹었다는 이야기는 처음 듣는다. 그 형제님은 대동강 물을 팔아먹었다는 김삿갓보다 더한 것 같다. 어떻게 이해해야 할지 모르겠다. 무슨 사연이 있어 성당에 나오지 않는지 모르겠지만, 쉬는 교우 한 명을 인도하고 나서 자신은 정작 나오지 않으니 알다가도 모를 일이다. 하지만 이분의 마음을 헤아려 보고 싶은 하루다.

나를 찾습니다

사제관에서 밥을 먹다가 사무실 마리아가 우스갯소리로 나한테 악덕 사장이란다. 다른 물가는 다 오르는데 월급만 오르지 않는다고 한다. 맞는 말이다. 그래서 내가 "신고해서 고랑 채우라."고 해서 한바탕 웃었다. 마리아 말대로 내가 회사 사장이라면 악덕 사장 아니면 악질 사장일 것이다. 이럴 때 나는 사장이 된다.

요즘은 날이 더워서 에어컨을 교리실마다 켠다. 성당 곳곳에는 선풍기가 팽팽 돌아간다. 미사가 끝나고 한 바퀴 돌아보면 한두 군데에서는 꼭 에어컨이나 선풍기가 공회전하고 있는 모습을 발견하게 된다. 이런 모습을 보면 속상하다. 공지사항 때 전깃불이나 선풍기, 에어컨을 끄고 다니자고 또 수도꼭지를 제대로 잠그자고 잔소리를 하게 된다. 이럴 때 나는 관리인이 된다.

연말에 새해의 예산을 책정할 때는 회장단 회의를 몇 차례씩 한다. 마라톤 회의를 하여 각 분과마다, 각 단체마다 일 년 동안 쓸 예산을 책정한다. 그리고 예산을 집행하는 데 있어서 엉터리로 낭비되는 일이 없도록 신경을 쓴다. 이럴 때 나는 잘 알지도 못하는 경영자가 된다.

신부님들은 연초에 본당 사목지침을 세운다. 그래서 일 년 동안 계획대로 본당 운영을 해 나간다. 잘 진행되고 있는가 따져 보게 되며, 사무실에서 업무를 제대로 추진하고 있는지 살피게 된다. 이럴 때 나는 경력도 없는 행정가가 된다.

각 본당은 교무금, 헌금, 감사금, 미사예물 등으로 본당 살림을 하게 된다. 어떤 때는 운영자금이 부족해서 어려움을 겪게 될 때가 있다. 이때마다 본당 신부님들은 본당실정이 이러하니 도와주십사 하고 어렵사리 신자분들에게 말을 하게 된다. 그러나 나는 본당의 재정이 열악해도 무엇이 당당하고 떳떳한지 돈 얘기를 잘 안 하게 된다. 아무튼 이럴 때 나는 실패한 사업가가 된다.

그런데 이런 것들이 내 본업인 것 같은 착각이 든다. 전문적으로 그런 공부를 한 적도 없는데 말이다. 그러면 나는 지금껏

비전공을 전공으로 알고 살아왔다. 아니 엉터리로 지내왔다. 내 것이 아닌 이상, 내 것으로 알고 있었던 것을 나는 내놓아야 한다. 나는 다시 나의 본래 자리로 돌아가야 한다. 나는 비전공을 전공으로 바꾸어야 한다. 나의 본업은 무엇인가? 사제 본연의 직무는 무엇인가? 내 본업을 찾아주시는 분에게 후사하겠습니다.

유언

인천교구 사제들은 유언장을 써서 교구청에 보관하고 있다. 자신이 지닌 재산처분에 관한 내용이다. 갑자기 변을 당했을 때 생기는 혼란을 방지하고자 하는 뜻이다. 그런데 한편으로 사제들이 무슨 재산이 있기에 이렇게 재산에 관한 유언을 해야 할까 하는 생각이 머리에서 떠나지 않는다. 물론 부모님께서 남겨주신 유산이 있을 수 있는데, 그것은 유족끼리 지혜롭게 처리하면 되는 것이다. 그리고 본당 사제 명의로 본당 부지를 매입하는 경우가 있을 수 있는데, 그것 또한 교구와의 입장을 잘 정리하면 되리라 본다. 그래서 나는 교구 사제들이 쓰는 유언의 내용을 다른 각도에서 시행해 보면 어떨까 하고 생각을 해 보았다.

민법상에는 재단법인의 설립, 친생부인(親生否認), 인지(認知), 후견인 지정, 친족 회원 지정, 상속재산 분할방법의 지정 또는 위탁, 상속재산 분할금지, 유언집행자의 지정 또는 위탁, 유증, 신탁 등의 내용만이 유언으로 인정된다고 한다. 그러나 내가 생각하는 내용은 엄밀하게 말하면 법적으로 효력이 있는 유언의 내용에 포함되지 않는다. 그러나 꼭 그런 것만 유언으로 생각하지 않고 사제나 신자들이 신앙의 유언을 남기는 것은 어떨까 하는 것이다. 나는 이런 법적으로 효력을 발생하는 내용의 유언이 아니더라도 신앙의 유언을 써 보는 것을 권해 본다.

보통 우리는 고인이 남긴 말을 유언이라고 하는데, 민법에서 정하는 것 말고 일반적으로 통용되는 유언은 고인이 가장 중요하게 여기는 것을 남기는 것을 말한다. 본당 어르신들께 제일 중요하다고 생각하시는 것이 무엇인지 여쭤본 일이 있다. 대부분은 "내가 세상을 마치고 하느님 나라에 가는 것과 자녀들이 잘되는 것"이라고 말씀하신다. 그렇다면 이것이 어르신들의 유일한 유언이 되어야 한다. 그런데도 우리는 재산 분배만을 유언으로 생각하고 있다.

가끔 초상집을 방문할 때, 자손들로 보이는 사람들이 서로 다투는 모습을 심심치 않게 보게 된다. 어찌된 일인지 구역장님을 통해 알아보면, 고인께서 재산정리를 하지 않고 돌아가셨는데, 아마도 재산 때문에 자손들이 저렇게 다투는 것 같다고 하신다. 자손들에게 정작 필요한 말씀을 남기지 못하셨기 때문에 아버지의 재산이 자손들에게 분란을 일으키고 있는 것이다. 아버지로서 자손들에게 재산을 균형 있게 나눠주고 가시는 것도 중요하겠지만, 신앙을 남겨주고 가셨다면 가시면서 저런 험한 꼴을 보지 않으셨을 텐데 하는 생각도 든다. 주님을 믿는 자손들에게 필요한 것은 아버지의 재산이 아니라 신앙이 아닐까?

그렇다면 나는 무슨 말을 남길 것인가? 내 삶의 진수이고 내가 혼신의 힘을 다해 깨달은 것이며, 하느님의 축복이자 은총인 것을 유산으로 남기는 것이다. 한평생을 살고도 남길 것이 없다면, 후손들에게 힘을 주어 강조할 것이 없다면 나는 헛되이 산 것이다. 지금까지 내가 젖 먹던 힘을 다해 추구했던 것들 중에서 저승에 갈 때 하나라도 내 마음대로 가지고 갈 수 있는가? 아무것도 없다. 그런데 나는 그것들을 세상의 전부인 것처럼 여기며 살아왔다. 이제 한 발 멀리 떨어져 내 삶을 돌아보고 내가 이 세상을 떠날 때 무엇을 남기고 떠날 것인지에 대해 진지하게 고민해야 할 때다.

그리움

그전 본당에서 있었던 일이다. 어느 형제님이 주일 오후에 "어머니께서 위독하시니 병자성사를 달라."며 전화를 하셨다. 교중미사를 드린 후라 좀 쉬고 싶은 생각에 "어머니께서 위독하신가요?"라고 물었더니 "아주 위독하시지는 않다."고 하셨다. 그래서 "그러면 저녁미사 후에 가겠다."고 양해를 구했다. 그러고는 쉬려고 하는데, 갑자기 형제님의 목소리가 조용히 내 귓가에 울리는 것이었다. 그래서 나는 형제님의 전화번호를 수소문해서 "지금 가겠다."고 말씀드리고 나서 곧바로 성체를 모시고 그 집을 향했다.

할머니는 오래전부터 자리를 보전하고 계셨는데, 의식도 뚜렷하셨고 말씀도 곧잘 하시는 상태였다. 할머니는 병석에 계시면서도 항상 묵주를 들고 계셨다고 한다. 할머니의 그런 신앙의 모습을 보면서 나는 할머니께 병자성사를 드렸다. 또 임종

전 전대사도 드렸다. 그러고는 자손들에게 할머니를 위해서 열심히 기도하시라고 부탁하고 나서 자리에서 일어났다. 자리에서 일어나는 순간, 옆에서 아드님이 갑자기 "어머니!" 하며 소리를 치신다. 나는 설마 하는 마음으로 고개를 돌려서 할머니를 쳐다보았더니, 할머니는 조용한 모습으로 눈을 감고 계셨다. 돌아가신 것이었다.

어떻게 병자성사를 받으시고 10초도 되지 않아 돌아가실 수가 있을까 하는 생각에 나는 당황했다. '더 일찍 올걸' 하는 반성의 소리가 내 마음을 계속 울리고 있었다. 그랬다. 나는 쉬고 싶은 마음에 할머니가 예수님을 기다리는 정성스런 마음을 헤아리지도 않고 내 편한 것만 계산했던 것이다. 정말 부끄럽고 한심했다.

할머니는 나를 기다린 것이 아니라 예수님을 기다리신 것이다. 나는 그것을 내 마음대로 조정하려고 했었다. 그런 할머니가 예수님을 모시고 임종 전 전대사를 받으시고는 이내 예수님의 품으로 떠나신 것이다. 그랬기에 예수님의 사랑 속에서 이내 예수님의 품으로 드실 수 있었다. 만일 내가 저녁미사 후에 찾아뵈었다면 할머니와 자손들은 하염없이 예수님을 기다려야 했을 것이고, 나는 그 게으름을 한없이 후회를 하고 있었을 것이다.

할머니께서 예수님을 기다렸던 것이 믿음이었던가? 할머니의 믿음이 맞다. 할머니의 돌아가시는 모습을 뵙고 '나도 저렇게 예수님을 만나 뵙고 싶은 마음이 있는가?' 하는 반성이 인다. 이것은 비단 나의 고민뿐 아니라, 모든 신앙인의 고민일 거다. 과연 나는 주님을 간절한 마음으로 기다리고 있는가? 그 할머니처럼 그렇게 주님을 뵙고 싶은 마음으로 기다릴 수 있는가? 그런 마음이라면 모든 것이 감사하고 은혜로울 거다. 내 가슴 저 밑에 담긴 할머니의 정성스런 마음을 조용히 꺼내 본다.

천국의 삶

올봄에 본당 수녀님들과 사무실 직원들과 함께 제주도로 1박 2일 연수를 다녀올 기회가 있었다. 사순절 동안 열심히 지내고 부활을 맞이한 우리는 휴식이 필요했고, 이 여행을 기다렸다. 그런데 날씨가 흐려서 약간 걱정이 되었다. 그래도 우리는 설레는 마음에 모두 어린아이처럼 기쁘기만 했다. 드디어 비행기를 타게 되었고 기대 반 걱정 반의 마음으로 제주도에 도착하게 되었다. 제주도에도 역시 바람이 불다가 비가 오고 또 맑은 햇살을 보이고의 반복이었다. 그래도 우리 일행은 짧은 시간을 쪼개어 이곳저곳을 다니면서 제주도를 마음에 담았다. 특히 제주도에 처음 온다는 작은 수녀님이 제일 신나는 듯 보였다.

일정이 끝나 집에 오는데도 날씨는 계속 좋지 않았다. 비가 오는 날씨에 비행기가 정상적으로 뜰 수 있을까 하는 걱정을 하며 비행기에 올랐다. 그런데 구름을 뚫고 하늘 높이 솟으니 눈부시도록 햇살이 비치고 있었고, 비행기 아래는 뭉게구름이 아름답게 피어오르고 있었다. 분명 지상에서는 비가 오고 바람이 불었는데, 불과 몇 분 사이에 이렇게 다른 세상이 나타나다니 정말 놀라지 않을 수 없었다. 하늘에서 보는 세상은 고요하고 아름다웠다. 이게 무슨 반전이란 말인가? 감히 상상하지도 못했던 일이 눈앞에 펼쳐지니 신비스러운 생각과 더불어 무서운 생각마저 들었다. 하느님의 나라는 이렇게 주어지는가 싶었다. 아니 하느님 나라의 은총이 우리를 초대한 것이 분명하다는 생각이 든다.

하느님 나라는 내 곁에 있어 왔지만, 하느님 나라를 대하는 내 모습에 따라 다르게 존재해 왔다. 땅에서는 비가 오고 바람이 불고 난리가 났어도 높은 하늘에서는 맑고 고운 모습이다. 저 높은 하늘에는 맑은 태양이 빛나고 있다. 아하, 하느님의 은총이 차단되면 이렇듯 살아가기 힘들다는 것을 이렇게 말씀해 주시는구나. 지금까지 저 높은 곳에 마음을 두지 못하여 지상에서 지지고 볶고 싸우며 살아왔던 나는 맑은 하늘을 도통 알아듣지도 못하고 지내왔던 것이다. 그저 고통스럽다고만 생각하여 극복할 힘을 청하지도 못했다. 맑고 쾌청한 햇살은 항상 그렇게 우리를 비추고 있는데, 우리는 내 기분에 따라 그 햇살을 알아보지 못하고 있었다. 그 교만의 구름, 인색의 구름, 질투의 구름, 분노의 구름, 음란의 구름, 탐욕의 구름, 게으름의 구름을 걷어낸다면 밝고 환한 태양을 보게 될 것이다. 내가 사는 세상과 함께 하느님 나라는 지금껏 나와 함께 있었다. 이제는 우리가 그 하느님 나라를 바라볼 여유를 청해야 할 때다. 구름을 걷어내면 세상 안에 주신 하느님의 밝은 모습이 나를 기다리고 계신다. 늘 나를 기다리신 하느님을 만날 때다.

너는 사랑이 뭔 줄 아니?

본인에게 허락을 받고 쓰는 것이 아니라 약간 주저하는 마음이 든다. 얼마 전에 봉성체를 나갔다가 본당 형제님이 운영하는 구둣방에 들렀다. 신발 밑창이 찢어져서 비가 오면 물이 스며드는 신발을 고치려고 말이다. 부부가 다정하게 일하시는 모습이 아름다웠다. 부부에게 나는 "부부가 이렇게 같이 일하시면 참 좋겠습니다." 하고 말을 건넸다. 자매님은 "처음에는 저희도 무척 싸웠지요. 그런데 지금은 싸울 일도 없네요." 하셨다. 옆에서 남편인 형제님은 '씩' 웃는 것으로 자매님의 말에 동의하는 듯 보였다. 희끗한 귀밑머리에서 서로를 이해하며 살아온 세월을 느낄 수가 있었다.

이어서 내가 "여름이 되면 여기에서 일하기 힘드시겠네요?" 하고 말을 건네니, 자매님은 조심스럽게 에어컨을 가리키시며 조그만 목소리로 "엄마, 아빠가 덥다고 우리 애들이 아르바이트를 해서 달아 주었어요." 하신다. 나는 순간 '힘들어도 이렇게 자녀들과 사랑을 나눈다면 더없이 행복하겠구나.' 하는 생각에 마음이 찡했다. 자녀들은 엄마 아빠가 남의 구두를 고치며 땀을 흘리시는 것을 자랑으로 받아들이고 있었던 것 같다. 부부의 자녀들이 보고 싶어졌다.

구두를 신고 오는 발걸음이 가벼웠다. 부모님의 고생을 함께 이해하고 안쓰럽게 생각하는 자녀들. 이런 자녀들이 우리의 자녀들이기를 바라 본다. 요즘 같으면 가정에 아이들이 하나 아니면 둘밖에 없으니 귀하게만 자라서 나밖에 모르고, 남을 위할 줄 모르는 그런 세대려니 했는데, 정말 가슴 후련한 일을 알게 되어 감사하게 생각한다.

사랑이 무엇인지 알고 있는 아이들, 사람을 사랑할 줄 아는 아이들은 행복한 아이들이다. 이 시대에 꼭 필요한 아이들이다. 고생하는 사람을 위로할 줄 알고 아파하는 사람을 격려할 줄 아는 아이들이 귀한 시대에 나는 귀한 아이들을 만났던 것이다. 같이 갔던 수녀님과 봉사자들도 나와 같은 마음이었을 거다. 부모님을 사랑하고 이해하는 아이들과 함께하는 부모님은 정말 행복할 것 같다. 나는 그분들에게 축복 기도를 해 드리고 왔다.

가난은 불편할 뿐이다

나는 손님이 많은 편이다. 어렵고 힘들었을 때 만난 분들이 찾아오신다. 그분들의 사정을 알기 때문에 만나서 식사나 차를 하면서 이야기를 나눈다. 나는 밥을 먹으러 나간다면 순댓국에 소주 한잔하는 것을 좋아한다. 그런데 밥을 사겠다고 하는 분들은 그런 것을 먹느냐고 비싼 것을 먹자고 한다. 그분들과 실랑이를 벌일 때가 한두 번이 아니다. 나는 얻어먹어도 내가 살 수 있을 정도로 얻어먹고 살 때도 얻어먹는 수준에서 사준다. 이게 내가 세운 기준이다.

안 그러고 비싼 것을 먹으러 다닌다면 본당의 가난한 분들을 볼 면목이 없게 된다. 그분들이 본당 신부에게 밥을 사고 싶어도 살 엄두가 나지 않게 만드는 꼴이 된다. 어쩌다 비싼 것을 먹게 된다면 부모님께 죄송한 마음이 들어서 음식이 넘어가지 않는다. 싼 음식을 먹는다고 내 인격이나 사람됨이 훼손되지 않기 때문에 나에게는 아무런 문제가 되지 않는다.

가난은 불편할 뿐이지 가난이 불행한 것은 결코 아니다. 가난이 불편하다고 해서 불행하거나 고통스럽게 살아가지 않기를 간절히 바란다. 정직하고 열심히 일해서 가난하다면, 노력하지 않고 술수나 사기로 돈을 벌어 부자로 사는 것보다 낫다. 힘과 용기를 내서 기쁘고 환한 모습으로 살아가시면 좋겠다. 오히려 작은 것을 나누면서 기뻐할 수 있는 행복도 있다. 가난하면서도 가난을 즐길 수 있으면 좋겠다.

나는 열심히 일해서 하루하루 사는 사람들이 비록 가난하지만 용기를 잃지 않고 자신감 있는 모습으로 살아가기를 바란다. 우리가 비록 풍족하지 못하고 가난하더라도 마음만은 부자이고 풍요롭기를 바란다. 열심히 일한 사람들이 환한 모습으로 웃으면서 살아가고, 주님 안에서 기쁜 모습으로 살아가기를 고대한다. 또한 주님께서 그런 우리를 위로해 주시고 축복해 주시기를 기도한다.

안젤라 자매님

안젤라 자매님은 50대의 평범한 주부다. 간암으로 투병 중이라는 소식은 듣고 있었지만, 내가 어떤 말로 위로를 해 드릴 수 있을까 하는 생각에 선뜻 연락을 드리지 못하고 있었다. 수술도 할 수 없는 상태인지라 진통제와 약물치료를 하면서 지냈다고 한다. 그러던 중에 내가 아프다는 소식을 듣고 전화를 하셨던 모양이다. 듣기에는 체중도 15킬로그램 이상 줄었다고 들었는데, 목소리가 아주 명랑하기만 하니 정말 속이 상했다. 평소에 명랑하고 즐겁게 사시는 분이었지만, 병중에 있으면서도 애써 그 모습을 드러내지 않으려는 모습이 더 안쓰럽게만 느껴졌다.

통화 중에 자매님은 "신부님, 내가 신부님 아픈 것까지 다 아플 테니까 신부님은 제발 아프지 마세요. 나 요즘, 주님한테 신부님 것까지 내가 대신 지고 가게 해 달라고 기도해요. 그리고 다른 사람들의 고통도 내가 조금이라도 지고 가게 해 달라고 주님한테 떼를 쓰고 있어요." 하신다. 자매님의 정성스런 마음을 알기에 더 속상했는지 모르겠다. 눈에서 뜨거운 눈물이 흐른다. 자매님은 자신도 죽음을 눈앞에 두고 있는데도 그런 것은 어디서 배웠는지 모르겠다.

고통과 죽음을 받아들이기도 쉽지 않았을 텐데, 남편과 자녀들을 두고 가기가 힘들었을 텐데, 자녀의 결혼을 앞두고 건강한 모습을 보여 주었으면 했을 텐데. 손주들의 재롱을 보며 즐거워하고, 아기들의 기저귀를 갈아주고 싶은 생각이 들었을 텐데 어찌 저런 생각을 하는가 싶었다. 인간적인 바람들이 한 아내와 엄마로서 욕심이 아닐 텐데 그 바람을 다 포기하고 주님께 봉헌한 모습이 안타까우면서도 다행스럽게 느껴진다.

나는 자매님의 말이 신앙에서 나온 말임을 알고 있었다. 자매님은 살아온 날에 대해 감사할 줄 아셨고, 남은 생애 동안 무엇을 해야 할 줄을 아셨다. 그래서 예수님과 친구가 되었다. 안젤라 자매님의 사랑을 오래도록 간직하고 싶은 오늘이다.

담배 끊기

우리 성당 아이들이나 할머니들은 나에게 시어머니다. 항상 담배를 끊으라, 술을 끊으라고 성화니 말이다. 물론 듣기 싫어서 이 말을 하는 것이 아니라 그렇게 하지 못하는 내가 실망스럽기 때문에 하는 말이다. 초등학생 한 녀석이 나에게 "십계명 말고 십이계명이 무엇이냐?"고 물어왔다. 내가 "십계명은 아는데 십이계명은 모른다."고 했더니 자기를 따라 하란다. "십일, 담배를 끊어라. 십이, 술을 끊어라." 결국 나는 그 아이 말을 따라했고, 없는 계명도 만들어 내는 신부가 되었다.

꽤 오래전에, 고등학교를 졸업하고 직장에 취직한 학생에게서 전화가 왔다. "신부님, 저 누구인데요. 오늘 저녁에 시간 어떠세요? 제가 첫 월급을 탔는데, 신부님한테 술 한잔 사드리려고요." 그 아이 마음이 잔잔하게 느껴졌다. 그래서 나는 일정을 정리하고 그 아이가 말한 곳에 나갔다. 이런 분위기에서 술을 마셔 보기는 처음이다. 이렇게 맛있고 의미 있고 정감 있는 술을 마셔 본 적이 없다. 이런 맛을 보았기에 내가 술을 끊지 못하고 여전히 즐기나 보다.

어떤 학생이 담배 한 보루를 사 왔다. 아르바이트를 해서 탄돈으로 제일 먼저 본당 신부인 나에게 담배를 사온 거라고 한다. 내가 이 아이한테 해 준 것이 하나도 없기 때문에 너무 과분한 대접을 받는 것 같아 미안하기도 하고 고맙기도 했다. 그래서 내가 한마디 했다. "나한테 이런 것을 사 주는 것은 고마운 일인데, 부모님의 선물은 준비했니? 안 했다면 이것을 부모님께 갖다 드리렴." 그랬더니 "물론 부모님 선물도 준비했지요." 한다. 나는 정말 행복한 신부라는 것을 느끼며 하느님께 감사 기도를 드렸다. 이런 아이가 있어 행복해할 부모님의 얼굴이 떠오르기도 했다. 이래서 내가 담배를 끊지 못하고 여전히 즐기나 보다.

본당 신부에게 이런 마음을 쓸 줄 아는 아이들이라면 당연 하느님과 부모님께도 선물을 했으리라 믿는다. 물론 십일조는 물론이고 자기 삶을 정성스럽게 주님께 봉헌하며 사는 아이였을 것이라고 나는 믿고 싶다. 부모님들이 나에게 술과 담배를 선물하라고는 하지 않았겠지만, 어떻게 하는 것이 삶의 도리인지 가르쳤을 것이다. 그리고 하느님께 대한 봉헌도 가르쳤을 것이기에 그 아이들은 배운 대로 했을 것이다. 부모님의 자녀 교육이 마음에 다가온다. 이 아이들은 부모님과 나의 재산이라는 생각이 속 빈 나를 가득 채워 준다. 내가 술과 담배를 끊지 않겠다는 말은 아니다. 술과 담배로 인해서 이 아이들의 고마움을 표현하고 싶었을 뿐이다.

천주교 신자가 쌀쌀맞은 이유는?

며칠 전에 성전 로비에서 어느 자매님 두 분이 "오늘 처음 왔는데요." 하며 어색해하신다. 그래서 나는 두 분을 사무실로 안내해서 입교하실 수 있게 도와드렸지만, 다른 분들과 나눌 이야기가 있어서 이내 급하게 나가야만 했다. 일을 보고 다시 사무실로 돌아왔는데 아직도 그분들이 계셨다. 그분들을 보는 순간 '좀 더 친절하게 안내해 드릴걸' 하는 마음이 들었다. 사실 나는 죄송하게도 그분들이 나에게 말씀을 건네 오기 전에는 그분들이 새로 이사 오신 분인지, 냉담을 풀고 오랜만에 나오신 분인지, 새롭게 입교하신 분인지 전혀 분간을 하지 못했다. 그분들이 나의 이런 모습을 보고 '천주교 신자들은 왜 이렇게 친절하지 못하고 쌀쌀할까?' 하고 생각을 하면 어쩌나 하는 생각이 드는 것은 내가 찔리는 것이 많아서겠다.

사실 천주교 신자들이 쌀쌀맞다는 얘기는 종종 듣는다. 내

90

가 생각하기에도 그런 것 같다. 그렇다면 왜 우리는 이런 말을 들어야 하고, 스스로 그렇게 인정하고 있는 것일까? 그 이유는 무엇이고, 우리가 고쳐 나가야 할 부분은 무엇인지 살펴보는 것도 좋을 것 같다. 좀 더 따뜻하고 친절하면 좋겠다.

첫째, 신자 수가 많고 관심이 부족한 것 같다. 부끄러운 일이지만, 나는 본당 신자들을 다 알지 못한다. 알아도 열심히 나오시는 분들 정도 알고 있는 것이다. 냉담하시거나 주일만 지키시는 분은 솔직히 다 모른다. 또 요즘같이 몸이 아프거나 일속에서 허덕일 때는 신자들과 가까이 지내기가 더 어려워진다. 주일이 되면 더 많은 신자들을 만나기 때문에 친밀한 인사를 나누기도 힘들다. 그래서 신자분들과 나누는 인사도 안부를 묻는 정도가 전부다. 그러면서도 일일이 인사를 나누지도 못하는 실정이다. 거기다가 미사가 끝나면 성물 축복도 해야지, 고해성사를 달라면 고해실로 가야지, 누가 아프다고 안수해 달라고 하면 안수를 해 드려야지, 정말 바쁘다. 신부인 나도 신자들도 이런 이유로 처음 오신 분들에게 관심을 덜 갖게 되는 것 같다. 그렇지만 이유가 그렇다 해도 친절하지 못한 것이 정당화될 수는 없다. 우리는 진지하게 해결 방법을 찾아야만 한다. 좀 더 따뜻한 사랑, 관심이 있다면 조금 바빠도 내가 한 발더 움직일 수 있고 충분히 극복할 수 있다. 그래서 모두 따뜻한 마음의 신앙인이 되었으면 한다.

둘째, 우리가 쌀쌀맞다고 하는 것 뒤에는 이기적인 모습이 숨어 있다. 이런 이기적인 모습은 '주일만 지내면 되지 무슨 봉사고 희생이냐?' 하는 식의 신앙으로 나타난다. 답답한 것을 떠나서 이제는 겁이 난다. 또 익명이 보장되기 때문에 '미사만 드리고 가면 그만이다' 하고 생각하는 것인지 모르겠다. 정말 걱정된다. 누가 무슨 일을 시키면 어쩌나 싶은 표정이 어색하게 느껴진다. 그러니 옆에 있는 사람에게 관심도 없고, 신경 쓸 필요도 없는 것이다. 나는 주일을 지키는 것으로 내가 할 일을 다 했으니 더 이상 다른 것을 할 이유가 없는 것이다. 그러나 십자가의 예수님을 바라보면 좋겠다. 그분은 십자가의 온전한 희생을 통해서 나에게 생명과 사랑, 신앙을 주셨다. 전혀 이기적이지 않고 이타적이셨다. 눈치를 보지도 않고, 따지지도 않고 모든 것을 내어 주신 분이 바로 예수님이시다. 그분의 희생, 사랑을 배우는 좋은 기회가 되었으면 한다. 이제는 그 냉랭함과 쌀쌀함을 벗어 던지고 마음으로 신앙하고 신자들을 대할 수 있으면 좋겠다.

셋째, 전통을 이어받고 있어서 그런 것 같다. 순전히 개인적인 생각이지만, 박해 때, 우리 신앙의 선조들은 신자라는 것을 드러낼 수가 없었다. 만일 신자인 것이 드러나면 아주 혹독한 고문을 당하고 심지어 목숨까지 잃어야 했기 때문에 자기가 신자라는 것을 숨길 수밖에 없었다. 그래서 그 전통(?)을 이어받은 우리 후배들도 서로에게 신자임을 밝히지도 않고 친근하지도 않으며 쌀쌀하게 지내는 것 같다. 그래서 나는 천주교 신자가 쌀쌀맞은 것이 아닌가 하고 생각한다. 그러나 지금은 박해시대도 아니다. 그런 전통에서 벗어나 이제는 새롭고 친근하게 지내야 할 때다. 예수님도 나를 쌀쌀하게 대하시면 어쩌지?

어, 가방에 우산이 있었네

먼저 당사자에게 양해를 구하고 쓰는 것임을 밝힌다. 신도라는 작은 섬에 있을 때 신자 몇 분과 충주에 간 적이 있었다. 충주에 도착해서 일을 보고 다시 차로 돌아오는데 갑자기 비가 억수 같이 쏟아진다. 나는 우산을 가지고 가지 않았기 때문에 비를 맞는 것을 당연하게 생각했다. 아무튼 우리 일행은 모두 비를 흠뻑 맞았다. 그런데 모니카 자매님이 "어. 가방 속에 우산이 있었네." 하는 거다. 우리는 우산이 없어서 비를 맞았는데 그 자매님은 우산이 있으면서도 비를 맞은 거다. 우리는 천진난만한 어린이처럼 깔깔거리고 웃었다. 그런데 가만히 생각해 보니, 우리네 삶이 이러지 않나 하는 생각이 들었다.

내가 어떤 사람인지, 내가 어떤 은총을 받았는지 알지 못하면 이런 황당한 일을 겪을 수밖에 없다는 것을 알았다. 그랬다. 우리는 주님께 많은 은총을 받았다. 그런데도 안 받은 것처럼

94

살고 있지 않는가? 때로는 주신 것을 몰라보고 안 주신다고 투정까지 부리고 있으니 답답할 지경이다. 그래서 우리는 우리 자신을 들여다봐야 한다. 무슨 은총을 주셨는지, 내 안에 어떤 은총이 있는지 알아야 한다. 안 그러면 비를 맞을 수밖에 없다. 그리고 방황할 수밖에 없다. 웃긴 하루였다. 생각하게 하는 하루였다.

제 2 장

아
버
지

복돈

해마다 설날이 되면, 천 원짜리와 오천 원짜리 지폐에 예쁜 리본을 달아 세뱃돈으로 쓰라고 나에게 주시는 분이 계신다. 이분은 온 가족과 함께 정성스럽게 세뱃돈을 준비하신다고 한다. 돈도 돈이지만 그 따뜻한 마음에 감사하고 고맙다. 그동안 인사하지 못했는데 이 자리를 빌려서 머리 숙여 감사의 인사를 드린다.

나는 설날 미사를 드리고 나서 사제관에서 찾아오시는 신자 분들에게 이 복돈을 나눠드린다. 이때 받지 못한 어떤 분은 나중에 오셔서 "신부님께서 복돈을 나눠주셨다는데, 남는 것이 있으시면 저한테 파세요." 하신다. 나는 "그 복돈은 비싼데요." 하며 너스레를 떠는데, 그분은 진지한 얼굴로 "천 원짜리 돈을 만 원에 살 테니 몇 장만 파세요."라고 하신다. 나는 속으로 우습다고 생각했지만, 그분의 진지한 모습 때문에 몇 장을 그냥 드리고 만다. 글쎄, 본당 신부가 미신적 행위를 조장하고 있는 것인지도 모른다. 한편으로 생각해 보면, 경제적으로 그만큼 어렵기 때문에 그럴 것이라는 생각이 든다. 생활이 힘드니 자연스럽게 복돈이나 복권에 거는 기대도 크지 않을까? 사회가 불안하면 열심히 일해도 정상적인 보상을 제대로 받지 못하는 어려운 사람들이 이런 복돈 또는 복권에 거는 기대도 커지는 것 같다.

나는 한 번도 복권을 사 본 적은 없어서 그런지, 슈퍼더블 복권, 플러스 복권, 찬스 복권, 기술 복권, 녹색 복권, 자치 복권 등은 처음 들어 본다. 또 로또 복권처럼 나라를 온통 복권의 도가니로 몰아넣은 복권도 있다. 한국에는 복권의 종류도 수십 종류가 넘는다고 하니, 과연 복권의 천국이라고 할 만하다. 한국에 복권이 이렇게 넘쳐나게 많은 것은 한국 사회가 그만큼 불안정하기 때문이라는 분석을 하는 전문가도 있다. 그러나 어떤 사람들은 복권이 긴장되고 불안한 사회에서 조미료의 역할을 할 수 있다고 말하기도 한다. 그리고 열심히 일해서 돈을 벌지 않고 일확천금을 꿈꾸게 하는 반사회적 모습이라고 말하는 사람도 있다.

나는 이런 복권을 맞힐 자신도 없고, 권할 마음도 없다. 내가 할 수 있는 것은 작은 것을 나누는 것이고, 힘들어하는 분들에게 사제로서 기도와 축복을 해 주는 것뿐이다. 내가 복돈을 나눠드리는 것도 그냥 돈을 나눠드린다기보다 희망과 꿈을 나눠드리고 싶은 마음에서 시작한 것이다. 모든 분이 이런 희망을 가지고 사셨으면 좋겠다. 나는 그런 분들에게 희망을 주는 복돈이고 싶다. 힘든 사연을 다 잊고 꿈과 희망을 품고 살게 하는 복돈이 되고 싶다.

골골 팔십

골골대는 나에게 어느 분이 "신부님, 골골 팔십이랍니다. 힘내세요." 하신다. '내가 신자분들에게 골골대는 신부로 비쳤구나.' 하는 미안한 생각이 들면서도 한편으로는 '나를 위로해 주시는구나.' 싶어서 위안을 받게 된다. 사실 나는 여기저기 안 아픈 곳이 없다. 몸이 아프니 그전처럼 하고 싶은 것도 제대로 하지 못해 아쉬운 것이 이만저만한 것이 아니다. 그러나 요즘은 골골 팔십도 은총으로 알고 지낸다. 적어도 내 주제를 알게 되었으니 그에 맞게 사는 것도 은총인 것이다.

사제관에는 무슨 약인지도 모르는 약이 많다. 구석구석마다 약이 있는데, 그 약이 어떤 약인지도 모르는 것이 꽤 있다. 그전부터 복용하다 남은 약부터 해서 지금까지 복용하고 있는 약까지 나도 얼마나 되는지 정확하게 알지 못한다. 그래서 사제관에 오시는 분들마다 많은 약을 보고 놀라 한마디씩 한다.

"신부님, 약국을 차리셔도 되겠네요?" 하며 나를 놀려댄다.

그런데 이 많은 약의 출처를 생각해 보면 내게 은총인 것을 알게 된다. 나에게는 병원에서 처방받은 약도 있지만, 할머니들께서 가져다주시는 약이 더 많다. 내가 골골대는 모습을 보시고는 안쓰러우셨는지 내가 어디가 아프다는 소리를 들으시고는 "어디가 아픈 데는 무슨 약이 좋다더라." 하시면서 약을 구해 오신다. 어떤 경우는 이름도 설명도 없는 약을 놓고 가시는 경우도 있다. 연락할 길도 없으니 약을 먹지도 못하고 쌓아 두는 경우도 있다. 그래서 내게 복용하지도 않는 약이 그렇게 많은 것이다. 이럴 때는 정말 감사하기도 하고 당혹스럽기도 죄송하기도 하다.

몸이 아파 고생하는 것을 두고 이렇게 감사하고 은혜롭다는 생각을 하는 것은 이번이 처음이다. 많은 할머니들이 주시는 약이 그분들께 감사의 정을 느끼게 한다. 약국을 해도 될 만큼 약이 많아도 그것은 사랑의 약이기 때문이다. 몸이 아프면 몸과 마음이 약해지기 마련이다. 그러나 나의 경우는 할머니 또는 신자분들의 기도와 사랑 속에서 위로와 용기를 얻고 있으니 감사할 뿐이다. 적어도 아파서 짜증을 부리지 않는 은총을 하느님께서 주셨으니 약해지는 마음을 바로잡을 수 있게 된다. 나는 할머니들의 사랑과 관심에 보답하기 위해서라도 더욱 열심히 기도하고 사랑을 나누며 살 수 있기를 다짐한다. 또한 아픈 사람들의 마음을 조금이라도 헤아려 줄 수 있는 은총도 받고 있다. 이것이 내가 아프면서 얻게 된 은총이다.

인사이동

교구 신부들의 인사이동은 보통 1월에 있다. 보통 인사발령은 주교님께서 "신부님을 며칠부로 어느 성당으로 발령합니다." 하시면, 신부님들은 "예" 하는 식으로 아주 간단하게 끝난다. 교구장님께 순명하는 것은 사제로서 당연하다. 그러나 인사 발령 소식을 접하고 나면 마음이 아쉬워지고 섭섭해지기도 한다. 인사발령을 받고 나면, 순간 바람처럼 왔다가 가는 김삿갓의 외롭고 쓸쓸한 인생이 되기도 하고, 먼 곳으로 시집가며 눈물을 흘리는 누나의 애틋한 사랑이 되기도 하고, 사랑하는 사람을 떠나보내는 슬픈 연인이 되기도 한다. 사제들은 항상 떠날 준비를 하며 살아가면서도 정든 본당을 떠난다는 것이 그리 쉽지만은 않은 것 같다.

인간적인 것에 초연하면서 살아가려고 노력하면서도 본당을 떠난다는 생각을 하면 정말 섭섭해진다. 심지어 밥을 먹다가도 눈물이 앞설 때가 있다. 이게 사람의 삶인가 싶다. 이게 정인가 싶다. 몇 본당을 거쳐 왔지만, 떠날 때마다 이런 마음은 통 바뀌지를 않는다. 몇 년 지나서 신자들을 만나게 되면 "그때 왜 그렇게 울었느냐?" 하며 나를 놀려대기도 한다. 그래도 좋다. 그때에는 그것이 나에게는 최선이었으니 말이다. 그게 사람 사는 것이 아닐까 싶다. 적어도 그때만큼은 슬프고 섭섭한 마음을 애써 감추고 싶지 않았다. 부모님께서 돌아가시면 아들 신부라고 해서 슬퍼하지 않겠는가? 정이 담긴 마음과 눈물은 우리를 더 사람답게 만들고 우리 삶을 풍요롭고 만들어 주지 않을까?

그저 최선을 다해 살다가 가는 신부이고 싶다. 인기가 없고, 노래를 잘 부르지 못해도, 열심히 살았던 신부로 남고 싶은 마음이다. 적어도 어려울 때 기도를 부탁할 수 있었던 신부 정도로 기억해 주기를 바랄 뿐이다. 이것도 욕심일 수 있겠다. 본당을 떠나서도 보고 싶고 만나고 싶은 사람은 있겠지만, 쉽게 만나지 못해도 서로 기도해 주며 살아가는 만남이 되면 좋겠다. 만남과 아쉬움을 검은 수단 속에 묻고 살아갈 수 있는 사제로 남고 싶다.

피톤치드

내가 자주 다니는 산에는 잣나무 숲이 있고 그 가운데로 오솔길이 나 있다. 나는 소박한 오솔길이 좋아서 그 길을 선택했지만 잣나무 특유의 향까지 덤으로 받았다. 가끔씩 피로했던 몸과 마음을 상쾌하게 해 주는 것 같아서 잠시라도 벤치에 앉아서 쉬었다 가기도 한다. 상쾌했던 기분을 안고 집에 돌아와서 '왜 그렇게 잣나무 숲에서 짙은 향이 나는가?' 하고 인터넷을 찾아보았더니 피톤치드 때문에 그렇다고 한다.

토양에 뿌리내리고 살아가는 모든 식물은 이동할 수 없는 것이 특징이다. 그래서 주위의 적으로부터 공격을 받아도 피해 달아날 수가 없기 때문에 자기를 방어하기 위한 물질을 식물 스스로가 만들어 낸다고 한다. 마늘이나 양파, 소나무, 잣나무 등에서 나오는 냄새나는 물질이 공기 중에서 여러 미생물을 죽이거나 활동을 제한하는데, 이렇게 식물에 함유되어 있는 물질로서 미생물의 번식이나 성장에 영향을 주는 모든 물질을 피톤치드라고 한다.

피톤치드는 음이온과 함께 숲속에 방출되어 산림 속의 공기를 정화시키고 주변의 도시로 유입되어 도시 내의 공기 중에 있는 나쁜 유해균들을 살균하게 된다. 그리고 등산을 하는 것이 다른 운동을 하는 것보다 피로도가 덜한 것은 스트레스와 피로를 완화시키는 피톤치드의 효능 때문이라고 한다. 이와 같이 소나무, 잣나무, 편백나무 등이 발산하는 피톤치드는 면역효과, 항균효과, 탈취효과, 스트레스 완화효과가 탁월해서 사람들의 건강에 이롭게 작용한다.

잣나무는 살아남기 위해 피톤치드라는 물질을 만들어 낸다. 잣나무가 만들어 내는 피톤치드는 벌레나 바이러스로부터 자신을 보호할 뿐만 아니라, 사람이나 짐승에게도 유익을 선사해 준다. 이렇듯 피톤치드는 잣나무가 스스로 살기 위해 열심히 노력한 탓에 주어지는 은총이 아닐까 싶다. 이처럼 불리한 여건 속에서도 정성을 다해 살아간다면, 하느님께서는 우리에게 살아갈 방도를 반드시 마련해 주시리라는 희망을 갖게 된다. 그리고 우리가 누군가의 사랑이 깃든 정성 속에 머문다면, 우리는 반드시 그 사람이 일구어낸 사랑과 정성을 얻을 수 있다. 즉

나의 정성이 자신과 다른 사람을 살게 해 준다는 것을 깨닫는다. 우리가 이런 좋은 환경 속에 머무는 것은 노력하는 사람들의 몫이 아닐까?

못생긴 나무가 산을 지킨다

잘생기고 큰 나무는 쓰임새가 많아 오래 남지 못하고 중간에
생을 마감해야 하지만, 못생긴 나무는 살아남아 나중에 산에
서 제일 큰 나무가 된다고 한다. 분재를 보면 작고 못생긴 나
무가 사람들을 경탄케 하는 예술 작품으로 남는다. 이 말은 고
도원 작가의 '못생긴 나무가 산을 지킨다'라는 책의 내용이다.
책을 읽으면서 '우리에게 희망을 주는 책이로구나.' 하는 생각
이 들었다. 신앙인인 나에게 무엇인가 깨달으라고 강하게 호소
하는 것 같다.

살다 보면 힘들고 지칠 때가 많아 의욕이 상실되기도 하지
만, 나에게 힘을 주시어 하루를 살아가게 하시는 주님께 감사
를 드리고 주님의 은총을 간절하게 기다리게 하신다. 주님의
제자들을 보자. 그리고 바오로 사도와 우리 자신도 살펴보자.
많은 점에서 부족하지만 주님의 은총으로 이렇게 살아가고 있

음을 고백하게 된다. 부끄럽고 부족한 점이 너무 많은 우리를 살게 하시는 것은 주님의 은총이 분명하다. 그러니 우리 모두는 주님께 감사를 드려야 하고 주님의 따뜻한 손길을 필요로 한다.

주님께서는 "너희가 나를 택한 것이 아니라, 내가 너희를 택하여 내세운 것이다"(요한 15,16)라고 하셨다. 내가 존재하는 것은 또 살아남아 무엇인가 하고 있는 것은 오직 주님의 은총이라는 것이다. 주님께서는 못생긴 나무를 살아남게 하셔서 산을 지키게 하시고, 못난 우리를 살게 하시어 교회를 지키게 하시고 가꾸게 하신다. 그래서 우리의 역량을 부끄러워하기보다는 그런 우리를 통해 역사하시는 주님의 크신 권능에 감사를 드려야 할 때다.

우리가 겸손한 마음으로 해 내고 있는 몫을 생각하자. 못생긴 나무가 스스로 '나는 쓸모가 없어.'라고 생각할 수도 있겠지만, 못생긴 나무가 산을 지키고 숲을 이룬다는 사실을 우리도 잊어서는 안 된다. 희망을 갖자. 분명 그런 우리를 통해 이루시는 일이 있을 거다.

정성 어린 기도

나는 11월을 참 기쁘게 지낸다. 11월에는 대학입시가 있어서 많은 부모들이 성당에 모여 기도한다. 그 모습이 좋아 보인다. 자녀를 위해 54일 기도를 바치느라 때를 가리지 않고 조배실로 찾아와 기도하는 모습이 정성스럽게 보였기 때문이다. 물론 찾아오는 목적은 자녀들의 입시를 위한 것이었지만, 그래도 주님께서는 어떤 목적을 지니고 왔던 그런 우리를 반갑게 맞이하실 거라는 생각에 마음이 흐뭇해진다. 그래서인지 나는 자주 성체조배실 앞에 있는 신발의 숫자를 헤아려보기도 한다.

그리고 11월은 위령성월이라 교회 묘원에 가서 위령미사를 많은 신자분들과 드릴 수 있어서 좋다. 부모님, 배우자, 자녀, 형제, 친구, 이웃의 영혼을 위해 겸손한 마음으로 기도하는 모습이 진지하다 못해 간절하게 비친다. 그분들에 대한 우리의 사랑이 간절했기 때문이 아닐까 싶다. 또 본당 활성화를 위해 밤늦은 시간에 성당에 모여 9일기도를 바치는 단체도 있다. 그래서 그런지 그 단체에 희망이 보인다. 그리고 여기에 다 밝히지는 못하지만, 보이지 않는 곳에서 간절한 기도를 드리는 분이 많이 계신 것으로 알고 있다. 이런 것이 우리에게 주어진 위령성월의 은총이 아닐까 싶다.

아무튼 우리는 내 생애에서 그렇게 간절했던 시간이 있었는지 돌아볼 일이다. 내가 정성스럽고 간절하게 기도를 바쳤던 시절로 돌아가 다시 한 번 기도의 불꽃을 태워야 하겠다. 물론 열심인 분들은 매일 이렇게 간절한 기도를 바치시겠지만 말이다. 주님께서는 묵시록 3장에서 "너는 차지도 않고 뜨겁지도 않다. 네가 차든지 뜨겁든지 하면 좋으련만. 네가 이렇게 미지근하여 뜨겁지도 않고 차지도 않으니, 나는 너를 입에서 뱉어 버리겠다."라고 말씀하신다. 주님도 우리에게 분발하기를 바라실 거다. 나에게 간절했던 사건은 어떤 때일까? 그때 나는 어떻게 대처했나? 그때를 돌아볼 때가 되었다.

남편에게 위로를

오래전부터 알고 지내던 형제님에게서 "만났으면 좋겠다."는
전화 연락을 받았다. 평소에 남에게 속사정을 시원하게 털어놓
는 형제님이 아니었기에 '무슨 어려운 일이 있는가 보다' 생각
하면서 시간 약속을 잡았다. 나는 그 뒤로 형제님을 만나는 날
까지 큰일이 아니기를 기도하며 지냈다.

약속 당일, 어두운 얼굴을 한 채 사제관에 온 형제님이 다짜
고짜 "술을 마시고 싶다."고 해서 급히 술상을 차렸더니, 형제
님은 술만 마시고 얘기를 도무지 하지 않는다. 답답했지만, 이
토록 얘기를 꺼내기 힘들 정도로 어려운 일인가 보다 싶은 마
음으로 기도하면서 기다렸다.

소주 1병을 마신 후에 얘기를 하시는데, 많이 외롭고 힘들다
는 것이다. 회사에서 담당했던 일이 잘못되어 회사에 큰 타격을

입혔는데, 회사에서는 고의적으로 그런 것이라며 자신을 몰아세운다는 것이었다. 사직압력도 만만치 않은 상황이라 정말 회사를 그만두어야 하는지도 모르겠고, 답답한 심정을 누구에게 말도 하지 못하고 혼자 고민하고 있다는 것이었다. 가족들과도 소원해진 것 같다고 한다. 누군가에게 위로를 받고 싶었지만, 주위에 그럴 사람이 없었다는 것이 형제님이 안고 있는 고민이었다. 둘은 이런저런 얘기를 하면서 소주를 두어 병씩 비우고 헤어졌다.

나는 다음 날 아침에 그 형제님의 부인에게 전화를 해서 이런 일이 있었다고 설명을 해 주었다. 자매님은 뭔가 있는 줄은 알았지만, 전혀 얘기를 하지 않아서 몰랐다고 한다. 후에 자매님은 그런 남편을 위로해 주고 믿어 주고 사랑으로 감싸 주었다고 한다. 남편은 자신을 믿어 주는 가족이 있다는 것에 힘을 얻고 용기를 내어 자신의 실수를 인정하고 뒷수습을 잘 하게되었다고 한다.

내가 알고 지내는 분들은 형제님들이 대부분이다. 이분들은 직장에서 무척 힘든 시기를 보내고 있다. 사회에서 명퇴 바람이 불고 갈 곳이 없어 붙어 있는 경우가 대부분이다. 어느 직장이나 마찬가지겠지만, 가족 생계 때문에 어쩔 수 없이 직장에 다니는 경우가 대부분이다. 이런 남편들에게 가족들의 따뜻한 위로가 필요한 때다. 안 그러면 남편들은 갈 데가 없다. 축 처진 어깨를 다독일 따뜻한 손길이 필요하다. 생기를 북돋아 줄 가족이 필요하다는 것이다.

"아내들이여, 안 그러기를 바라지만, 지친 남편들을 지켜 주십시오. 혹시라도 지쳐 있다면 위로해 주세요. 요즘 가장 힘없고 불쌍한 사람들이 그대들의 남편입니다. 40, 50대 남편입니다. 사회에서도 긴장 속에 지내야 하고, 기가 죽어 지내고, 항상 먹고사는 걱정 속에 사는 그대들의 남편들이 너무 불쌍합니다. 교회에서도 이들을 위로해 주어야 합니다. 지금까지 앞만 보고 달려왔는데, 요즘 들어 힘에 부칠 것입니다. 연령적으로 그렇습니다. 재충전할 때입니다. 남편에게 가족들이 힘을 실어 줄 때입니다. 그리고 지칠 때 주님을 찾을 수 있도록 안내해 주십시오. 다른 곳에서 힘을 찾게 해서는 안 됩니다. 한계가 있습니다. 가족들 안에서 힘을 얻을 때 가장 안전하고 확실한 힘을 얻습니다. 나를 가장 알아주고 사랑하는 사람들에게서 사랑을 받는 것이 가장 행복한 것이기 때문입니다. 어깨가 축 처진 남편들의 모습은 우리 가정을 지금까지 지키기 위해 온 힘을 다하고 정성을 쏟은 탓입니다. 그래서 그런 우리 가장인 남편들을 우리가 위로해 드리고 보살펴 드리는 것은 가족으로서 당연히 해야 할 일이겠지요. 우리 가장이 힘들어하고 아파하면 모든 가족이 함께 아파진다는 것을 아빠들에게 알려드리시기 바랍니다. 그리고 온 가족이 남편을 많이많이 사랑하고 있다는 사실을 꼭 알려주세요." 행복한 웃음소리가 나는 것 같다.

별난 세상

'대학 가서 미팅할래, 공장 가서 미싱할래?'

'2호선 타자'

'잘하자! 엄마가 보고 있다'

'이 성적에 잠이 오니?'

어느 잡지에 이런 내용의 글이 있어 교우 여러분께 소개한다.
어디에 쓰이는 말인지 10초만 생각해 보자. 엄마가 고3 자녀에
게 하는 말일까? 친구들끼리 하는 말일까? 도대체 어떤 말일
까?

다름 아닌 교실 뒤편에 걸려 있는 급훈의 내용이란다. 2호선

을 타자는 것도 급훈이라고 한다. 2호선을 타면 서울대, 연대, 서강대, 이대, 홍대, 건대, 교대 등의 괜찮다는(?) 대학들이 있으니 2호선을 타자고 급훈을 정한 것 같다. 우리가 알던 급훈은 학생의 인생에 도움이 될 만한 내용을 적어 두는 것이 보통인데, 이 급훈은 어찌 이상하다는 생각이 든다. 대학입시를 위해 고등학교가 존재하는 것 같은 착각이 든다. 이건 정말 아니다. 살다 보면 사정에 따라 공장에서 미싱을 돌릴 수도 있다. 그렇다고 이것에 대해 실패한 인생이라고 누가 말할 수 있겠는가?

이 학급의 담임선생님도 그렇다. 아무리 아이들의 생각이 그렇다 해도 바로잡아 주어야 하는 것이지, 그냥 방치하면서 인격형성이고 올바른 인생관이고 뭐고 오직 대학에만 들어가는 것만이 인생의 전부인 것으로 착각하게 하는 것은 선생님의 직무유기이다. 여기에 무슨 교권과 사랑, 존경이 있겠는가?

우리들 아버지, 어머니들은 대학을 안 나오셨어도 삶을 옳게 사셨고, 당신 자녀들을 사랑으로 세상을 보고 사랑으로 세상을 살아가도록 키우셨다. 주변에 대학을 나오지 않은 사람들도 자기 몫을 다 해내는 사람이 얼마나 많은가? 또 대학을 나왔어도 제 몫을 다하지 못하는 사람이 얼마나 많은가?

아무튼 우리는 우리 자녀들을 이런 식으로 키워서는 안 된다. 공부해서 대학에 진학해야 하겠지만, 이런 식으로 대학을 보내고 싶지는 않다. 대학만 들어가고 부모를 사랑할 줄 모르고, 함부로 삶을 사는 그런 자녀로 키우고 싶지 않다. 나만 그런가? 그래도 자녀들 앞날을 위해서 '어떤 일이 있어도 대학은 보내 놓고 볼 일이다.'라고 생각하는 부모가 있다면 정말 속상할 것 같다.

끗발 좋은 신부

백령도에 있을 때의 일이다. 해병대 여단장과 식사하는 자리에 본당 교우 몇 분과 동석하게 되었다. 술이 몇 순배 돈 후에 본당 교우 한 분이 "신부님, 신부님은 끗발이 좋으십니다." 하신다. 무슨 뜻인가 하며 좀 더 이야기를 들어봤다. 보통 여단장을 단장이라 부른다. 그리고 함께 자리했던 분들은 묘하게도 본당의 꾸리아 단장, 쁘레시디움 단장들이었다. 그러니 해병대 여단장인 단장, 레지오 마리애 단장인 자신들과 함께했으니 내 끗발이 좋다는 거다. 듣고 보니 그랬다. 해병대 여단장도 단장, 레지오 마리애 단장도 단장. 자신들도 교회에서 단장으로 출세했고, 나도 여러 명의 단장들과 함께하고 있으니 출세했다. 맞는 말이다. 감사할 일이다.

백령도 본당에서는 사목위원을 분과장이라 하지 않고 부장이라 한다. 어느 날, 교육 분과장이 사석에서 "신부님, 저는 회사에서 만년 과장인데, 진급 때문에 적잖은 마음고생을 했습니다. 그런데 성당에 오니 주님께서 부장으로 승진을 시켜주시더군요. 하느님 사업을 하다 보니 이런 일도 있군요. 정말 열심히 하겠습니다." 하시며 우스갯소리를 하신다. 정말 놀라운 발상이다. 사실 어떤 누구도 본당에서 어떤 보수도 받지 않고 봉사를 하는데, 봉사를 통해서 기쁨을 얻고 주님께서 주시는 작은 선물에 대해서 감사하는 마음이 아름답게만 보인다.

각도를 조금만 달리해서 보면, 단장도 되고 부장도 되는 새로운 삶이 보이고 감사할 일이 많다. 감사하며 사는 것은 또 다른 은총의 시작이다. 아무리 힘들더라도 감사할 것을 찾아보자. 다른 은총이 시작할 수 있도록 힘과 정성을 모아 보자. 그리 어렵지 않다. 우리 삶이 달라질 것이고 우리가 알지 못하는 은총이 주어지고 있음을 알게 될 것이다. 특히 요즘처럼 어렵고 힘든 때일수록 더 정신을 차리고 주님께 감사를 드리며 살아가기를 청한다. 끗발 좋은 우리가 될 거다.

늦둥이 조카

집에 다녀왔다. 늦둥이를 본 동생 집에 다녀오자는 어머니 말씀에 작은 꽃다발 하나를 사 들고 어머니를 따라나섰다. 세수도 못했다고 쑥스러워하며 제수는 시숙인 나를 반가이 맞아주었다. 아기의 피부는 제수를 닮아 가무잡잡하였고, 아기의 얼굴은 동생을 닮아 이목구비가 또렷하였다. 누가 보아도 동생네 핏줄이 분명하다.

6척이 넘는 거구의 동생은 목도 제대로 가누지 못하는 아기를 안고 마냥 좋아한다. 아마 동생 눈에는 그 아기가 행복 자체이고 기쁨이었을 거다. 딸이었으면 아기의 볼이 남아나지 않을 것이란 말을 하며 딸에 대한 섭섭함도 은근히 비친다. 아무튼 이토록 아기를 사랑하는 마음이 바로 부모의 마음이었다는 것이 느껴진다. 아이를 낳고 기르는 기쁨을 나는 잘 모른다. 하지만 동생이 이토록 좋아하는 것을 보면 분명 그것이 사랑이고 기쁨이란 것을 알 수 있을 것 같다. 이리도 좋은지 느낌으로만 알뿐이다.

　돌아오면서 동생네 부부가 이 아기를 잘 키워 주기를 기도했다. 물론 큰아버지인 내가 천주교 신부이니 당연히 기도하겠지만, 예쁘기만 한 이 아기가 주님의 도움 속에 건강하고 지혜롭고 남을 배려할 줄 아는 아이가 되기를 바랐다. 이 기도 속에 술을 끊고 잡다한 생각들을 끊고 열심히 살겠다는 동생의 다짐도 함께 들어 있다. 늦둥이를 본 동생이 너무 대견스럽다. 이 아기가 부모의 새로운 출발을 알리는 기쁨이 될 줄을 누가 알았겠는가? 이 아기를 통해 약간 소원해진 부부 관계를 돌아보고 다시 시작하기로 하였으니 이 아기는 그 가정의 기쁨이 되어 주기에 충분하리라 믿는다. 나도 한때는 우리 가정의 기쁨이고 희망이었는데 지금 나는 어떤가?

내 님은 어디에

섬진강 시인 김용택님의 '먼 산'이라는 시에 범능 스님이 만든 노래를 듣고 있다. 본당 대림특강 때에 김정식(로제리오) 형제님이 들려 준 노래인데, 노랫말이 너무 좋아 몇 번씩이나 반복해서 듣게 된다.

그대에게 나는 지금 먼 산이요

꽃 피고 잎 피는 그런 산이 아니라

산국 피고 단풍 물든 그런 산이 아니라

그냥 먼 산이요

꽃이 피는지 단풍 지는지

당신은 잘 모르는

그냥 나는 그대를 향한

그리운 먼 산이요

떠나간 님을 애절하게 그리워하는 마음이 살며시 내 마음에 다가와 앉는다. 님 떠난 빈자리에 먼 산이 되어서라도 바라보고 싶은 시인의 마음이 아닐까 혼자 생각한다. 죽도록 사랑했던 님을 떠나보낸 그런 허전함이 밀려온다. 사랑하는 님을 떠나보낸 또는 헤어져야만 했던 허전함, 내 존재를 잃어가는 것 같은 아픔과 슬픔, 끝까지 함께하지 못한 죄스러움 등이 살아난다. 그래도 먼발치에서라도 먼 산이 되어 볼 수 있는 님이기에 다소 위안이 되기도 한다. 시인은 우리네 삶을 그대로 표현했다고 할 수 있겠다.

한 해가 저물어 간다. 떠난 님의 빈자리를 무엇으로 채우고 있는가? 주님의 제자들이 주님에 대한 실낱같은 그리움과 기다림으로 인내했던 것을 생각해 보면 님의 빈자리를 그리움으로 채울 수 있고, 한 해 동안의 부족함을 주님의 사랑으로 채우고 또한 새해의 희망으로 채울 수 있을 것 같다. 먼 산은 내가 님을 의식하고 찾고 있을 때 있는 그대로의 모습으로 내 앞에 있게 될 것이다. 님이 비록 멀리 있어도, 나는 님을 볼 수 있고 생각할 수 있어 행복하다는 시인의 마음이 내 마음으로 다가온다.

골동품 신부

나는 옷에 신경을 별로 쓰지 않는다. 그리고 별 관심도 없다. 그런데 신부가 된 지금, 나에게 옷은 하나의 도전이 되고 있다. 부모님께서도 "부숭부숭하게 옷을 차려입어라."라고 당부를 하시고, 본당 신자들 중 일부는 "옷 좀 잘 입어라."라고 성화 아닌 성화를 하신다. 또 교구에 일이 있어 교구청에 가면 본당 신자분들이 "신부님 옷이 제일 허름하다."라고 하신다. 그런 때는 왠지 좀 쑥스럽다. 그래서 요즘은 옷을 입는 것에 대해 무척 부담이 되고 있다. 물론 '옷이 날개'라는 말도 알고 있지만, 그렇다고 옷이 그 사람의 전부는 아니지 않는가? 있는 옷을 깨끗하고 빨아서 입는다면 그것으로 족하지, 좋은 옷을 차려입는 것이 신부에게 그렇게까지 중요할까 하는 생각도 해 본다. 그렇다고 장례식장이나 결혼식장에 입고 갈 정도의 예복까지도 무시한다는 말은 아니다.

내 옷 중에는 신학생 때 입던 옷들이 많다. 아직도 30년 넘는 것들도 있고. 신학교에 입학하기 전부터 쓰던 물건과 이불도 있다. 그래서 동창 신부들은 나한테 골동품 신부라고 놀려대기도 한다. "제발 오래된 옷을 버려라."라고 한다. 이럴 때는 쑥스럽기도 하지만, 속으로는 '아직 입을 만한 옷을 버리기는 왜 버리냐?' 하며 속으로 꿍얼거리기도 한다. 아직 나에게는 입던 옷이 편하고 좋다.

그리고 옷을 이쁘게 차려입는 것만큼이나 내적인 옷을 이쁘게 차려서 입는 것이 더 중요하다. 영적인 옷을 잘 차려입고 싶다. 영적인 옷이 누추하고 초라하다면 그것이야말로 우리가 신경을 써야 할 부분이다. 이제는 외적인 옷에 대해 신경을 쓰는 것만큼 영적인 옷에 대해서도 신경을 쓰는 사람들이 되었으면 좋겠다. 골동품에서 은은한 멋이 풍겨 나오듯 영신적인 깊이가 있는 사람에게서도 좋은 그리스도의 멋과 향이 풍겨 나온다. 영적인 옷을 차려입기를 희망하자.

맛과 향

녹차를 마시기 위해 다기에 차를 넣고 물을 붓는다. 다기 안을 들여다보니, 녹찻잎이 꿈틀거리는 장면이 눈에 들어온다. 마치 뜨거운 물 속에서 꿈틀거리는 낙지처럼 보인다. 녹찻잎은 꿈틀거리는 중에 자신의 은은한 녹차 향을 우려낸다. 꿈틀거림의 아픔 속에서 새로운 삶을 열어가고 있는 듯하다. 녹차는 이렇게 은은한 향과 맛을 우려내고 있었다.

최근 내 주변에는 이런저런 이유로 많은 고통을 겪고 있는 사람들이 많이 있다. 내가 할 수 있는 것은 그분들의 아픔을 보면서 작은 기도로 함께하는 것뿐이다. 그분들에게 그런 어려움을 겪는다는 것이 현실의 아픔이고 고통이겠지만, 그 고통이 지난 자리에 삶의 여유와 성숙한 모습이 자리하게 되기를 바랄 뿐이다. 녹차가 뜨거운 물 속에서 꿈틀거려야지만 은은한 향과 맛을 내는 것처럼, 그분들의 삶이 지난 자리에도 은은한 멋과 여유가 있기를 고대한다.

'고통 없는 신앙은 없다.', '고통 없이는 신앙이 성숙되지 못한다.'고 한다. 무슨 뜻인지 이제야 조금 알 것 같다. 그러나 어떤 분들은 이런 말을 하는 나에게 "세상 물정 몰라서 그런다." 또는 "그런 고통을 겪어 보지 못해서 그렇다."라고 할지도 모르겠다. 나는 세상을 많이 살지도 않았고, 세상의 모든 고통을 다 겪어 내지도 못했다. 그렇지만 적어도 그 고통의 시간에 주님과 함께 겪어 내고, 극복할 수 있기를 바라기 때문에 이런 말씀을 드릴 수가 있다고 생각한다. 때로는 그 고통이 너무 심해서 좌절하고 만다면 아주 깊은 상처만 남는 경우도 있다.

우리 주님은 고통을 겪는 우리에게 희망이며 힘이시다. 우리가 겪는 고통을 주님과 함께한다면, 그 고통을 겪어 낸 자리에는 삶의 여유와 인생의 은근한 향과 맛이 자리하게 될 것이다. 지금의 고통은 우리에게 단지 상처와 아픔만을 남기지 않을 것이다. 주님과 함께한다면 그 아픔과 상처 대신에 아름다운 맛과 향을 남기는 여유로움을 주실 것이 분명하다. 내 삶에서 은은한 맛과 향이 나기를 기도한다.

고욤과 같은 내 인생

신학교에서는 매년 부활절을 맞아 짧게는 1박 2일, 길게는 5박 6일 동안 부활방학을 한다. 학부 3학년 때, 부활방학을 나왔다가 시장에서 나무젓가락 굵기의 감나무 한 그루를 4천 원에 사서 수원신학교 도서관 옆에 심었다. 구덩이를 깊게 파고 거름을 주고 흙으로 밑을 깔고 감나무를 심었다. 나는 수시로 나무에 물을 주고 그 앞에서 잘 자랄 수 있기를 성모님과 함께 기도하였다.

사제가 된 이후로 수원신학교에 한 번도 가본 적이 없기 때문에 감나무가 얼마나 자랐는지 알지는 못해도, 누가 베어 내지 않았다면 탐스런 열매를 맺고 있을 풍성한 감나무를 상상해 본다. 심은 지 십수 년이 지났기 때문에 큰 나무가 되어 많은 신학생들에게 가을의 풍요로움을 선사하고 있으리라 믿는다.

그런데 감나무 씨를 심으면 감나무가 나지 않는다는 사실을 아는가? 감나무 씨에서는 감나무가 나지 않고 고욤나무가 난다. 희한한 일이다. 고욤나무에 감나무 씨눈을 접붙여야 감나무가 된다. 고욤은 침을 담가도 떫다. 그래서 먹으려 해도 쉽게 먹을 수가 없다. 또 고욤은 크기에서도 차이가 난다. 고욤은 크기가 도토리만 해서 주먹만 한 감한테는 여러모로 비교가 되지 못한다. 거기에다 작은 놈이 무슨 씨는 그렇게도 많은지 먹기에도 불편하다. 도대체 고욤은 어디에다 써먹는지 모르겠다. 그래서 감나무 씨눈을 붙이는 것이다. 그런 떫고 작고 맛도 없는 고욤에 감나무 씨눈을 접붙이면 감나무로 새 인생을 살게 된다니 놀라울 뿐이다. 참 신앙적이다.

나는 반성한다. 내 인생 또한 결실이라고 맺었더니 고욤과 같은 떫은맛을 내는 결실을 맺어 냈다면 어디에다 내 인생을 쓸 것인가? 사람들이 맛보려 하지도 않는다면 내다 버려야 하지 않는가? 심히 괴롭다. 사람으로 태어나 사람답게 살아야 하는데, 쉬운 일이 아니다. 인간은 세상에 피투된 존재라고 어떤 철학자는 말하지만, 그렇게 설명하기에 2%가 부족한 느낌이다. 그저 세상에 태어나 그럭저럭 살면 되는 그런 인간이 아니다. 하느님의 뜻을 알고, 하느님의 사랑을 주고받는 삶을 살아야 하지 않을까?

그런 나는 고욤나무에 감나무 눈을 접붙여야지만 감나무 열매를 맺을 수 있는 것을 보면서 우리도 한 인간으로 태어나 주님의 사랑을 접붙여야지만 참다운 삶을 살 거라고 말한다. 그래야 진정한 하느님의 자녀, 인간다운 인간이 되지 않을까? 세례를 통해서 우리는 진정한 하느님의 자녀가 되었다. 한 인간이 세례를 통해 새로운 인간으로 태어났다면, 그 인간은 전혀 다른 삶을 살게 된 것이다. 이것이야말로 은총 중의 은총, 다행 중의 다행이 아니고 무엇일까? 우리는 아프면 병원에 가서 치료를 받는다. 제품도 고장이 나면 리콜도 해 주고, 애프터서비스도 해 주는데, 우리는 왜 우리 삶을 스스로 리콜하려 하지 않는가? 과거의 못된 인연 끊어 버리고 새롭게 살자는데 왜 이리 망설이고 주저하는가? 우리는 언제든지 감나무가 될 수 있고, 리콜과 애프터서비스를 통해 새롭게 출발할 수 있다. 이 기회를 놓치지 않기를 바란다. 고욤에서 감이 된다면 얼마나 신이 날까?

믿는 구석

동창 신부들이 성지 순례를 가기로 뜻을 모으고 각자 15개월 동안 생활비에서 얼마씩을 떼어 적금을 부었다. 그런데 갑자기 문제가 생겼다. 유가 폭등으로 인해 여행경비가 만만치 않게 올랐고, 거기에다 달러의 환율이 올라 적금을 부었던 돈으로는 유럽으로 성지순례를 가는 것이 어렵게 되었다. 그래서 동창들은 유럽으로 성지순례를 가는 것을 방향을 바꾸어 후배 신부가 교포사목을 하고 있는 남아프리카 공화국으로 가기로 결정하였다. 그런데 나는 갑자기 심장시술을 하는 관계로 같이 가지 못하고 요양할 겸 해서 나는 국내 성지순례의 길을 선택했다. 동창 신부들과 함께하는 것이 오랜만의 일이어서 섭섭하고 아쉬웠지만 하는 수가 없었다.

여행을 다녀온 뒤 동창들을 만났는데, 동창들은 남아공에 다녀온 이야기를 하느라 정신이 없다. 어떤 동창이 나에게 들려준 이야기다. 남아공에 사는 한인들 지역은 범죄율이 다른 지방보다 아주 현저하게 낮다고 한다. 이런 일이 있었다고 한다. 각 동네마다 워낙 범죄율 높기 때문에 사람들마다 권총을 다 가지고 있다고 한다. 주로 가난한 흑인들이 범죄를 많이 일으키는데, 살인까지 하는 경우가 많다고 한다. 이런 모습을 보고 한인 사회에서 반성의 이야기를 나누게 되었다고 한다. "그들은 많은 것을 원하지 않는 것 같다. 먹을 것을 찾기 위해 쓰레기통을 뒤지는데, 주인이 총을 들고 가라고 위협하니까 화가 나서 다음에 찾아와 복수를 하는 것이 아닙니까? 그러니 우리부터 총을 없애고 그 사람들에게 먹을 것을 조금이라도 내어 주면 어떻겠습니까?" 모든 한인들이 찬성을 했고 그대로 실행했다고 한다. 그랬더니 예상대로 강도들이 왔어도 먹을 것만 가지고 가고 사람은 다치지 않았다고 한다. 결과적으로 범죄율이 떨어지고 피해가 없어지게 된 거라고 한다. 믿는 구석이 있으니 이런 자신감이 있는 것이라고 본다. 배짱도 좋다. 나 같으면 겁이 나서 그렇게 하지 못했을 텐데 말이다.

나에게 이런 믿는 구석은 있는 것일까? 남아공의 한인 신자들처럼 죽음을 각오하고 그나마 믿고 있던 권총을 포기할 수 있을까? 아마 주님께 기도하지 않고 주님께 의지하지 않았다면 목숨을 거는 위험한 일이었기 때문에 쉽게 결정하지 못했을 것이다. 나는 돈에 의지하고 사제라는 직분에 의지하고 권력과 명예에 의지했던 것이 부끄럽다. 예수님보다 이런 것에 더 마음을 두고 사는 것은 아닌지 나를 돌아보는 마음이 진지해진다. 이제 새롭게 나를 가꾸어 간다.

아버지

오늘 아침에 면도를 하면서 턱에 난 흰 수염 몇 올을 발견했다.(어르신들께는 민망한 말씀이 될지도 모르겠다.) '내가 벌써 이렇게 되었나?' 하는 생각을 하면서 온통 흰 수염을 하신 아버지를 그려보았다. 지난 설에 찾아뵙기는 했어도 오늘따라 아버지를 보고 싶은 생각이 굴뚝같다.

아버지는 내 나이에 무엇을 하셨나 하는 생각을 해 본다. 옷은 항상 허름하게 차려입으셨고, 자녀들 대학 등록금을 대시느라 허리가 휘어지도록 농사일만 하셨다. 귀에 딱지가 앉을 정도로 "기도하라"는 말씀을 많이 하셨다. 아버지는 결혼해서 부모님을 모시고 농사를 지으면서 살겠다던 나를 유난히 좋아하셨다. 그런 아버지가 오늘 보고 싶다. 지금은 아버지께서 어떤 병을 앓고 계신다는 누나의 말을 듣고는 가슴이 미어지듯 아려온다.

'지금의 나는 어떤가?' 돌아본다.

자식이 없으니 자식을 사랑하는 부모님의 마음을 모를 수밖에 없다. 아버지의 모습은 기억에 남아 있으되, 아버지의 마음을 잘 모르겠다. 이런 생각 때문에 그런지 몰라도 아버지에 대한 신비로움과 감히 범접하지 못할 위대한 모습으로 다가옴을 느낀다. 전화를 드려 아버지의 음성을 듣고 나니 아버지의 사랑이 보이는 것 같다.

나에게는 부모님이 구존(俱存)하신다는 것이 얼마나 큰 다행인지 모른다. 그분들의 사랑에 감사드릴 시간과 아직 효도할 시간이 있다고 생각하기 때문이다. 송강 정철의 표현대로 '날 낳으시고 기르신' 분임을 잊지 않기를 다짐한다. 그리고 다음 월요일에는 꼭 찾아가 뵈어야겠다. 그리고 주님께 부모님을 위해 간절한 기도를 바치는 날이고 싶다. 아버지가 유난히 보고 싶은 날이다.

질투

예일 대학의 심리학 교수인 살로비 박사는 미국 범죄의 20%가 질투 때문에 생긴 행위라고 한다. 예나 지금이나 질투는 여러 범죄의 주요 원인이 되는 것 같다. 미워하고, 살인하고, 헐뜯고. 그런데 질투의 특성 중 하나가 자기와 관계없는 사람에 대해서는 거의 질투를 하지 않는다는 것이다. 예를 들면, 옷가게 주인과 농부, 회사원과 어부의 경우는 아주 특별한 경우가 아니라면 질투하지 않는다는 것이다.

그러나 같은 분야에서 경쟁관계에 있을 때는 그 상대가 누구이든지 질투가 일어난다고 한다. 뿐만 아니라 이 질투의 불길이 아주 가까운 인간관계 속에서 작용하기 시작하면 그 불꽃이 더욱 사나워지게 된다. 부부관계, 애인관계, 친구관계, 이웃관계 그리고 교우관계에서도 이 질투의 불꽃이 일어나면 반드시 그 불길에 화상을 입는 사람이 나오게 마련이다. 질투의 십중팔구는 열등감에서 출발한다. 자신의 결함을 질투로 바꾸는 사람은 불행한 사람이 되고, 분발의 동기로 바꾸는 사람은 행복한 사람이 될 수 있음을 잊지 않았으면 좋겠다.

우리는 같은 목적을 가지고 신앙생활을 하고 있다. 기도하고 봉사하면서 주님 나라가 오기를 희망하며 순간순간을 정성스럽게 살아가고 있다. 그러나 그렇게 열심히 살아가면서도 때로는 개인적으로 죄에 억눌려 괴로워하고 있고, 고통에 시달리며 신음하기도 한다. 이럴 때 옆에 있는 사람들이 위로하고 격려해 준다면, 그 사람은 힘을 얻어 열심히 지내게 된다. 그리고 자기에게 그런 호의를 베풀어 준 사람에게 평생 감사한 마음을 지니고 살아가게 될 것이다.

질투하는 사람은 용기 없는 사람이다. 자기는 그런 행위에 만족할지 모르나 다른 사람은 불편하고 힘들다. 또한 질투하는 사람은 열등감에 사로잡힌 사람이다. 다른 사람을 이해하고 받아들이지 못하기 때문에 자신의 부족한 것을 속으로 숨기기에 바쁘다. 그리고 다른 사람을 헐뜯게 된다. 나나 여러분에게도 부족함이 있고, 열등의식도 있다. 그리고 질투와 미움, 분노도 있다. 나의 질투로 상처와 아픔을 겪게 되는 사람은 누구일까?

여관방 손님

5월, 가정의 달이다. 우리 가정이 사랑이 넘치는 행복한 가정인지 돌아보면 좋겠다. 사랑도 없고 서로에 대한 관심도 없고 격려도 없는 곳이라면, 그저 여관방에 머물다 떠나는 사람에 지나지 않을 것이다. 이제 선택해야 하지 않을까? 나는 모텔이나 여관에 머무는가? 아니면 사랑과 행복이 깃든 집에 머물고 있는가? 이제 모든 것이 나의 선택에 달려 있다.

여관에 잠깐 머물렀다 떠나는 투숙객들과 누가 들어왔는지 별 관심 없는 여관 주인 사이에서 가정에서 느낄 수 있는 부모와 자녀 사이의 그런 사랑이 있기나 한 건가? 주인과 투숙객은 진정 마음을 열고 사랑과 정을 주고받는 사이인가? 그런 만남인가? 만남이 많지만 사랑을 담아내는 만남이 아니라면 차라리 만나지 않아도 좋을 만남이 있다는 것이다. 하루를 살아도 사랑을 안고 살기를 희망해 본다.

저마다 자기 일에 바쁘다는 이유로 가족의 얼굴을 1주일에 한 번 정도 볼까 말까 하다면 대화는 더더욱 있을 수 없고, 거기에 갈등과 불화 속에 놓여 있다면 가족이 아니라 단지 투숙객 정도에 지나지 않을 것이다. 가정의 사랑과 행복은 가슴을 열고 마음으로 만날 때 그제야 보이고 드러나게 마련이다. 주님께서 우리 가정에 주신 행복과 사랑은 가족이 서로 가슴에 담긴 사랑을 꺼내서 맞댈 때 작용하게 된다.

나는 여관방이나 하숙집에 머무는가? 아니면 사랑과 행복이 넘치는 가정에 머물고 있는가? 나는 행복과 사랑이 깃든 가정에 머물고 싶다.

사기꾼

얼마 전에 누나와 집안일을 상의하며 이런저런 이야기를 하게
되었다. 갑자기 누나가 "신부, 그전에 집에서 돈 빌려갔다며?"
하는 것이다. 나도 까마득하게 잊고 있던 일이라 선뜻 생각이
나지 않았지만, 심상치 않은 분위기를 느끼며 생각해 보니 분
명하게 그런 일이 있었다. 내가 잘 아는 분이 회사일이 잘못되
어 길바닥에 나 앉게 된 일 때문에 부모님께 도움을 청한 사건
이다.(물론 누나는 내 지난 과거를 들춰낼 생각으로 그리 말한 것이 아니다.) 나는
아버지께 "꼭 필요한 돈이니 빌려주세요. 꼭 갚을게요." 하며 애
원했던 사실을 분명히 기억하고 있다. 나중에 들으니 어머니는
곁에서 "그렇게 해 주자." 하시며 아버지께 나를 대신해서 다시
한 번 간청하셨다고 한다. 그런데도 나는 새카맣게 까먹고 있
었다. 내가 사기꾼이 된 거다. 아직도 갚지 못하고 있으니 나는
대단한 사기꾼인가 보다.

이런 내게 자동차가 생겼다. 어머니는 "다른 자식들은 결혼할 때 아파트도 사 주었는데, 신부에게 자동차를 사 주시면 안 되겠느냐?" 하시며 아버지께 부탁하셨다고 한다. 그 덕분에 나는 분에 넘치는 자동차를 타게 되었다. 이렇게 보면 자동차는 어머니의 사랑의 결실이다. 부모님의 사랑에 감사하며 지낸다고 하지만, 내게는 온통 부족한 모습뿐이다.

대단한 사기꾼인 내게 어머니와 아버지는 든든한 후원자시며 마음의 고향이다. 그런데 요즘 어머니는 건강이 좋지 못하여 수술을 하게 되셨는데, 내 마음이 횅하다. 지난주 월요일에 찾아뵙고 병자성사를 드리기는 했어도 어머니의 마음과 함께 하지 못하여 편치 못하다. 어떻게 해서든지 아들 신부에게 무엇 하나 더 해 주고 싶은 마음이 엄마 마음인데, 자식된 나는 아무것도 제대로 해 드리지 못하고 있으니 마음이 여간 불편한 것이 아니다. 그래도 어머니는 나를 위해 기도하고 잘 살기를 바라고 계실 것이다. 그게 어머니의 마음이기 때문이다.

본당 신부보다 열심인 신자

어느 본당에 있을 때 매일 새벽 6시에 신자분들과 함께 성무일도를 함께 바친 적이 있다. 처음 성무일도를 시작할 때는 70명 가량 나오셨는데, 요즘은 30명에서 40명 정도가 성무일도를 바치러 나온다. 아침 6시에 기도를 하려면 적어도 5시 30분, 또는 5시에 일어나야 하니 대단한 수고가 아니면 함께하기가 쉽지 않다. 더욱이 엄마들은 아빠들의 출근과 아이들의 등교시간을 맞추려 이른 아침밥을 지어야 하기 때문에 그 시간이 쉽지 않다.

처음에는 힘들었겠지만, 지금까지 꾸준히 나오시는 분들은 어느 정도 새벽기도에 적응이 되셨을 것이라 본다. 신자분들이 함께 모여 한목소리로 주님을 찬미하는 노랫소리로 시작하는 성무일도가 얼마나 아름다운지 모른다. 이른 아침에 하느님을 찬미하는 노래로 하루를 시작한다는 것이 너무 행복하게 느껴진다. 처음에는 박자도 맞지 않고 음도 맞지 않아 연습도 많이 하는 등 고생을 많이 했다. 그러나 지금은 너무 잘 하신다. 목소리도 곱다.

그런데 가끔 나는 성무일도에 거의 나가지 못했다. 건강이 좋지 않아 아침에 일어나지 못한 때도 있고 저녁에 술을 거나하게 한잔할 때면 여지없이 일어나지 못했다. 늦게라도 나가서 기도를 하시는 분들을 위해서 강복을 해 드려야지 하는 마음만 있지 몸이 말을 듣지 않는다. 부끄러운 마음이 앞선다.

나는 본당 신부보다도 열심인 신자분들이 많다는 것에 감사를 드린다. 본당 신부보다 더 열심이고 본당 신부에게 기도하자고 하는 분들이 계시다는 것은 본당 신부에게 더없는 행복이다. 앞으로 더 열심인 신자분들이 많이 나오기를 기대하고 기다린다. 이런 본당은 참으로 멋있는 본당이다. 나는 요즘 본당 신부보다 열심인 신자들이 많아 행복하다. 신자분들이 성무일도만을 바친다 해서 행복하다고 하는 말은 아니다. 성무일도를 포함한 모든 것에서 열심인 모습을 보기가 행복하다는 말이다. 오늘도 행복한 신부가 되고 싶다.

아주 특별한 만남

문석현(요셉), 이지환(요셉), 임윤찬(요셉)

이 아이들은 나와 특별한 인연이 있다. 내가 성당에 부임했을 때는 아직 태어나지 않은 아이들이다. 이 아이들에게는 형과 누나가 있었는데 불의의 사고로 세상을 떠났고, 그 사고 후에 이 아이들이 태어난 것이다. 그러니 한 번도 본 적이 없는 이 아이들의 죽은 형과 누나는 가족을 내가 있던 성당으로 이사 오게 했고, 나와 가족을 만나게 해 준 것이다. 이 세 아이들은 이렇게 가족의 아픔과 슬픔을 딛고 태어났다. 가족들에게 희망과 용기를 주고자 이 세상에 왔다. 그래서 이 아이들의 삶에 애착이 간다. 나는 세 아이들의 본명을 모두 요셉으로 지어 주었는데, 사람들은 내 본명을 따라 지었다고 비아냥거렸지만, 나는 그런 뜻으로 본명을 요셉으로 지어 준 것이 아니다. 요셉 성인이 가정을 헌신적으로 지켜 내신 것처럼, 이 아이들도 자기 가정의 행복과 사랑을 지켜 내는 수호자가 되기를 바라는 마음으로 지어 준 것이다.

이 아이들이 태어나기 전에 부모들과 나 그리고 주위의 많은 분들은 주님께 정성을 다해 간절히 기도했다. 주님께서는 우리들의 기도를 들으시고 당신 사랑으로 우리들의 빈 가슴을 하나씩 채워 주셨다. 나는 이 부모들이 조금씩 주님 도움을 깨닫고, 힘들지만 애써 일어서는 모습을 모두 지켜보았다. 주위에서는 같이 슬퍼하며 울기도 했고 함께 기도하면서 긴 고뇌와 고통의 시간을 지냈다. 부모들이 너무 괴로워할 때는 소주병을 들고 찾아가 함께하기도 했다. 이들의 아파하는 모습을 보고, 많은 사람들은 이들이 아픔에서 벗어나 주님을 마음껏 찬미할 수 있기를 간절히 기도했다. 이후, 주님께서는 어린 자식을 잃고 힘들어하는 부모에게 위로가 되어 주셨다. 점차 이들은 마음을 열고 이웃을 만나면서 자신의 아픈 마음을 치유해 주실 분이 예수님임을 깨닫게 되었다. 그리고는 이내 임신을 하게 되어 주님 사랑의 선물인 아이들을 얻게 되었다. 놀랍게도 세 가정 모두 아들을 얻었다. 주님께서 우리의 간절한 기도를 들어주시어 그들의 아픔을 치유해 주신 것이다.

그런데 최근에 이 세 가정은 이곳에서의 시간을 정리하고 다른 곳으로 둥지를 찾아 떠났다. 섭섭했지만, 나는 새로운 출발을 하는 그들에게 축복해 주었다. 세 가정에 주신 아이들을 생각하면서 나는 내심으로 이 아이들을 주님께 봉헌했으면 하는 생각을 했지만, 선택은 부모와 아이들에게 맡기기로 했다. 아무튼 이제는 세 가정이 그곳을 떠나 다른 곳에 둥지를 틀고 아파했던 순간을 잊고 주님 안에서 다시 힘차게 시작하게 되었다. 세상이 끝날 것 같은 힘든 시기를 지내고 있는 모든 분들에게 주님 안에서 답을 찾으라고 위로해 드리고 싶다. "우리가 힘들게 찾고 있는 답은 주님 안에 있습니다. 힘을 내서 그 답을 찾읍시다."라고 말이다. 이 아이들은 누나와 형의 삶까지 이어갈 것이다. 부모와 가족의 기대와 희망을 안고 살아가야 하는 아이들이 힘들지도 지치지도 않게 살아갈 수 있도록 기도하고 격려해야 한다.

언젠가 내가 술자리에서 "여러분 모두 이곳을 떠나고 나만 남는군요." 했더니 "아니에요. 신부님. 마음은 항상 이곳에 남아 있을 거예요." 한다. 그렇다. 이곳을 잊지 못할 것이다. 주님께서 사랑해 주시고 일어설 힘을 주신 이곳을 잊지 못할 것이다. 어렵고 힘들 때 도와주고 함께한다는 것이 무엇인지 깨닫게 해 준 소중한 만남이었다.

그래도 나는 나

요즘 가짜 이력, 학력 등으로 나라가 온통 시끄럽다. 자신의 과거가 없던 일로 꾸며진 거라면 적어도 자신은 알 텐데 부끄럽지도 않은 모양이다. 아직 어떤 것이 사실인지 모르기 때문에 뭐라 단정지어 말할 수는 없지만 자신을 찾는 모습이 필요하겠다. 내가 스스로 부풀린 모습 속에 감춰진 진짜 나의 모습은 어떤 모습일까? 다른 것으로 나를 포장하거나 꾸몄어도 그 속에 진정한 나의 모습이 숨어 있게 마련이다. 아무리 나를 포장하고 가꾸어도 비 한 번 맞고 나면 본래의 나의 모습이 나오는 것을 어찌 포장으로 가릴 수 있겠는가 하는 생각이 든다. 낮에는 허장성세 속에 살아가도 밤에는 본래의 모습이 드러날 텐데 말이다.

어찌 가짜 경력, 학위만 문제가 되랴? 허황되게 나를 가꾸고 포장하는 이들이 어찌 이들뿐이랴? 이런 일이 우리 사회에 경종을 울리면 좋겠다. 이런 모습이 남보다 낮게 보이려고, 남보다 더 높은 지위에 올라 더 많이 가지고 누리려는 마음에서 비롯된 것이라면, 거울 앞에 발가벗은 자신의 모습을 진지하게 돌아보아야 한다. 거짓으로 꾸며진 나와 본래의 나 사이에서 어떤 것이 진짜 나인지를 가려 보아야 한다. 거울 앞에 나타난 나의 발가벗은 모습뿐만 아니라 주님 앞에서 나의 모습을 살펴보고 비록 초라하더라도 나의 모습을 사랑하고 받아들이며 다시 시작해야 한다.

내가 나를 거짓으로 꾸미고, 욕망으로 나를 가꾸어도 본래의 나는 사라지지 않는다. 본래의 나는 그 사람 안에서 본래의 모습으로 드러나기를 조용히 바라고 있다. 우리는 주님께서 주신 바탕 안에서 삶을 시작하고 그 삶을 사랑해야 한다. 비록 남보다 초라하고 내세울 것이 없다고 해도 말이다. 나를 진정 사랑한다면 내 조건이 부족하다 해도 부끄럽지 않게 삶을 받아들일 수 있다. 그래서 내 삶 안에서 작더라도 하나씩 이루어 간다면 누구에게도 자랑스럽고 떳떳하게 나설 수 있을 것이다.

아무리 나를 가꾸고 꾸며도 나는 나다. 주님께서는 꾸며진 나를 만드신 것이 아니라 본래의 나를 만드시고 거기서 시작하게 하셨다. 본래의 모습으로 돌아가는 것이 주님께서 원하시는 삶일 것이다. 있는 그대로의 내 삶을 받아들이고 사랑하자. 부끄러울 것이 하나도 없다.

고해소 사랑

나는 그 사람의 이름도 모른다. 또 얼굴도 모른다. 그 사람에 대해서 나는 아무것도 모른다. 그러나 그 사람에 대해서 내가 알 수 있는 것은 그 사람의 마음이 무척이나 아름답다는 것이다. 그 사람을 대하노라면 그 사람의 영혼이 우리 주님을 너무나도 그리워하고 있다는 것을 자연스럽게 알게 된다. 자주 만나지는 못하지만 나는 그 사람을 기다린다. 나 혼자 짝사랑하는 것 같다. 나는 그 사람의 영혼을 사랑하고 있는지도 모른다. 그 사람은 남자가 될 수도 있고, 여자가 될 수도 있고, 어린아이가 될 수도 있고, 어른이 될 수도 있다. 나는 그곳에서 매일 그 사람을 기다리고 있다. 내가 그 사람을 기다리는 곳은 고해소다. 고해소에 있다 보면 너무나도 이렇게 아름다운 만남을 갖게 된다. 그래서 나는 고해소가 좋다.

고해소에서는 누구나 자신의 죄를 주님께 고백하고, 주님과 화해하게 된다. 고해소에서 나누는 이야기는 죄지은 이야기, 속상한 이야기, 불편한 이야기뿐이지만, 진정한 기쁨이 생기는 곳이다. 때로는 고해하는 내용이 충분히 성찰하지 못하고 그 탓을 남에게 돌리는 불편한 이야기도 있을 수 있지만, 대부분은 새로운 희망을 안고 고해소를 나가게 된다. 고해소는 우리의 불편한 마음을 기쁨과 희망과 사랑의 마음으로 바꾸어 주는 은총의 장소다. 고해소를 통해서 그 사람도 나도 정말 기쁜 마음으로 주님께 감사를 드리게 된다.

또 고해하는 모든 내용이 내가 지은 죄, 앞으로 내가 지을 수 있는 죄이기 때문에 그분은 내 마음을 건드리고 있다. 또한 고해실에 있다 보면 감사한 마음도 갖게 된다. 고해소에서 신자분들이 주님과 화해하시지만, 나도 주님과 화해하게 된다. 고해 내용을 들으면서 내가 지을 수도 있는 죄들도 성찰하게 되니 감사를 드린다.

진정으로 우리는 고해실에서 주님을 만날 수 있다. 주님은 나의 죄를 기쁨과 희망으로 바꾸어 주신다. 고해소에 들어오시는 것을 망설이지 않았으면 좋겠다. 주님은 고해소에서 사랑과 기쁨을 주시려고 나를 기다리신다. 고해소에서 나를 기다리는 주님의 모습이 밝고 환하다.

나의 몸값은?

요즘 세상은 사람에게도 상품처럼 몸값을 매기는 세상이다. 자신의 몸값은 현재 직업뿐만 아니라 앞으로의 능력도 포함하기 때문에 사람들은 자신의 몸값을 올리기 위해 많은 노력을 한다. 그래서 사람들은 끊임없이 무엇인가를 배우려 들고, 자기를 개발하고 자기만의 색깔을 찾으려 노력한다.

그래서 그런지 요즘 TV 광고에도 나오듯이 '보장자산'이란 말이 세간의 화제가 된 듯싶다. '보장자산'이란 가장이 사망했을 때 유가족이 받게 되는 사망보험금을 포함한 부동산, 유가증권 등 가족이 안정된 생활을 할 수 있는 재정적, 심리적 안정자산을 말한다. 그래서 사람들은 자신의 '보장자산'이 얼마인가에 관심이 높고, 자신의 '보장자산'을 늘려 보려고 애를 쓰고 있다.

운동선수들이나 연예인들은 자신의 몸값을 제대로 받기 위해 또는 더 받기 위해 많은 피나는 노력을 한다. 운동선수나 연예인들이 몸값을 제대로 받기 위해 운동이나 연기력을 높이는 것은 당연한 것이라고 생각한다. 그들에게 몸값은 자기 노력에 대한 보상이다. 그들의 쉽게 이해되지 않는 천정부지의 몸값에 '거품이다', '너무 심하다', '일할 기분이 안 난다', '청소년들에게 허황된 꿈만 심어 준다' 하는 비판을 가하는 사람도 있다. 이 부분에 대해서는 나도 공감한다. 그들이 받는 천문학적인 돈은 많은 사람들에게 좌절과 실망감을 안겨 주기도 하고 사회를 멍들게 하고 일확천금의 기회를 노리게 만들기도 한다. 그러나 나는 단순하게 자기 노력에 대한 보상 차원에서 말하고자 하는 거다.

마찬가지로 우리 신앙인에게도 몸값을 매긴다면 어떤 반응이 나올까 궁금하다. 기도를 얼마나 열심히 하고, 사랑 실천을 하는가가 신앙인의 몸값이라면 나의 몸값은 얼마나 될까? 물론 주님만이 아실 수 있는 부분이겠지만, 한 번 정도 우리의 신앙을 점검해 보는 것도 필요하다 하겠다. 몸값이 아주 작게 책정되었다면 몸값을 더 받기 위해서 더 많은 노력을 해야겠다. 만일 그런 노력을 하지 않는다면 나는 싼값의 인생을 대충 살고 말 거다. 세상을 살다 가는 인생, 주님 안에서 멋지게 살다 가면 좋겠다. 내 몸값을 다는 저울이 있으면 좋겠다. 재미있을 것 같다.

해녀들의 삶

얼마 전에 후배 신부님이랑 둘이서 제주도에 도보 일주를 했다. 7일 동안 제주도 해안을 따라 일주하는 순례길이라 힘이 많이 들었다. 발에 물집이 잡혀 다리를 절며 걷느라 고생도 많이 했다. 한편으로는 묵주기도를 하면서 성모님과 함께 걷는 은총을 입는 순례이기도 했다.

둘이 애월의 어느 바닷가를 걸어가고 있을 때, 저 멀리 바닷가에서 물질을 하는 해녀들의 모습이 눈에 들어왔다. 물속에 들어갔다가 나올 때는 해산물을 잡아 나오는 모습이 신기했고 무엇을 잡았나 하는 궁금증이 생기기도 했다. 그래서 가던 길을 멈추고 뚝방 쪽으로 길을 따라 내려갔다. 해녀들은 연세 드신 할머니들이 대부분이었는데, 내가 평소에 그리고 있던 낭만적인 해녀들의 모습은 어디에 갔는지 하나도 없고, 피로에 지친 해녀들의 모습만 남아 있었다. 거기에 물속에서 오랫동안 일을 한 탓에 물에 팅팅 불은 얼굴들이었다. 해녀들은 잠시 쉰 다음 이내 무거운 망태기를 지고 탈의실로 향해 가신다. 아침부터 물에 들어가서 쉬지도 못하고 계속 물질을 해야 하는 모습이 찡하게 가슴으로 다가온다.

낭만적인 해녀들의 모습이 힘들게 고생하는 애절한 해녀들의 모습으로 바뀌어 나에게 다가오고 있었다. 물론 먹고살기 위해, 자식을 가르치기 위해 저 고생을 하신다는 것은 알고 있지만 그것은 어디까지나 내 머리로의 생각일 뿐 그분들의 진정한 모습을 담아내지 못하고 있었다. 자식을 위해서라면 저 고생도 마다하지 않으시는 저 해녀들의 모습이 우리의 어머니들의 진정한 모습이었다.

하지만 당신들끼리 이런저런 이야기를 할 때에는 힘든 얼굴에 환한 미소가 돌기도 한다. 그렇게 힘든 생활에 대한 보상은 다름 아닌 자식이 잘되는 것뿐이었을 거다. 이렇듯 자식의 삶 뒤에는 부모님의 거친 손과 숨결이 있음을 우리는 알아야 하겠다. 내 삶의 근거가 되고 있음에 감사의 마음을 드려야 하겠다. 자식을 위한 마음이 어느 부모야 다르겠는가마는 그래도 부모님의 이러한 마음을 마음에 담고 사는 것이 효도의 근간이 되지 않겠는가? 더욱이 신앙 안에서 꾸준하게 나를 위해 기도

하시는 부모님의 정성 어린 모습을 기억하면 좋겠다. 이른 새벽에 일어나서 기도하시는 모습이 나를 살게 하는 힘이 되고 있음을 가슴으로 느껴 보고 싶다.

희망을 주는 별

나는 가끔 밤하늘의 별을 보는 것을 좋아한다. 그런데 요즘은 아무리 눈을 씻고 보려 해도 제대로 별을 볼 수가 없다. 공기가 오염되어 하늘을 제대로 볼 수 없게 된 탓일 거다. 그래서 나는 기회가 되면 산이나 바닷가에 나가 후두두 떨어질 것 같은 많은 별을 보며 어릴 적 꿈을 곱씹어 보기도 한다. 나는 별을 좋아하면서도 별 이름은 잘 모른다. 별의 이름을 몰라도 별을 보면서 금방 동심으로 돌아가 공상의 날개를 펼치곤 한다.

〈별 하나에 추억과, 별 하나에 사랑과, 별 하나에 쓸쓸함과, 별 하나에 시와, 별 하나에 어머니, 어머니〉 윤동주님의 '별 헤는 밤'이라는 시의 일부다. 별을 좋아했던 시인이 별을 통해 어머니에 대한 많은 그리움을 간직했다고 한다. 별을 좋아하는 나도 별을 보며 시인의 마음이 되어 본다. 또한 어릴 적 꿈을 돌아보며 꿈과 희망을 다시 되새겨 본다.

160

어릴 때 나는 왜 별은 낮에는 보이지 않고 밤에만 보일까 하는 생각을 자주 했었다. 나중에 안 사실이지만, 별 중에는 스스로 빛을 내는 별(항성)과 주위의 빛을 받아야 빛을 내는 별(행성)이 있다고 한다. 행성은 자신보다 더 밝은 별의 빛을 받아 전한다는 것이다. 어쨌든 나는 별을 보면서 또 한 가지 사실을 알게 되었다. 별이 밝게 빛나는 것은 별 주변의 어둠이 있기 때문에 가능하다는 것이다. 어둠이 없고 더 밝은 빛이 있다면 별은 자기 모습을 드러내지 못하고 만다. 이처럼 어둠을 이기고 빛나는 별이 어린이들에게 꿈을 심어 주고, 상심하고 힘들게 살아가는 사람들에게 희망을 심어 준다. 또한 별들은 주변의 어둠에 대해 '네가 있어 내가 이렇게 빛을 낼 수 있구나' 하는 마음으로 감사하지 않을까 한다. 이런 연유로 나는 별을 좋아한다.

어둠 속에서도 빛을 잃지 않고 빛나는 하늘의 별들이 우리가 어려움 속에서도 희망을 잃지 않고 살아가야 한다는 것을 깨닫게 해 준다. 또 어둠 속에서 빛나는 하늘의 별들을 통해서 우리는 위안을 받고 있다. 별이 나에게 희망을 주는 하느님이었다.

초짜 신자

얼마 전에 본당에서 주관하는 예비신자 피정이 있었다. 이 피정은 예비신자 교리교육 과정 중의 한 부분이기도 하다. 피정 강의를 마치고 성당 마당에서 산책을 하며 담배를 피우려고 담배를 꺼내는 순간, 예비신자들이 조배실로 향하고 있었다. 피정 중에 1시간가량 성체조배를 하는 시간이었던 모양이다. 예비신자들이 조배실로 들어간 후에 담배를 피워 물기 시작했는데, 담배를 다 피우기도 전에 이분들이 한꺼번에 우르르 몰려나오는 모습을 보았다. 아마 담배를 피웠던 시간은 길어야 2분도되지 않았을 거다. 하지만 성체조배를 시작한 지 1~2분도 되지 않아서 뛰어나오는 모습이 충분히 이해가 되었다. 기도를 어떻게 해야 하는지도 모르고, 무릎을 꿇는 연습이 되어 있지 않은 상태에서 하는 성체조배가 얼마나 힘이 드는지를 잘 알고 있다. 이분들이 이런 고충을 참고 계속 조배를 하셨으면 하는 바람을 가져 본다.

아마 기존 신자들 중에서도 성체조배를 열심히 하지 않는 분들도 이와 마찬가지로 성체 앞에 오래 앉아 있기가 쉽지는 않을 것이다. 기도에는 많은 훈련이 필요하다. 기도하는 것이 몸에 익기 위해서는 신체의 고통을 인내해야 한다. 그러나 기도에는 연습이 없다. 기도하는 연습을 하는 것도 기도이기 때문이다. 기도는 꾸준해야 한다. 기도에는 왕도가 없다. 처음에는 성체 앞에 1~2분을 앉아 있기가 힘들지만, 꾸준히 노력하다 보면 10분, 20분 나중에는 1시간도 어떻게 지냈는지 모를 정도로 시간이 빨리 지나가는 것을 알게 될 것이다. 그리고 무엇보다 주님 앞에 잠시라도 있었다는 것과 기도 중에 주님의 사랑을 느낄 수 있었던 것이 은총이었음을 알게 될 것이다. 그런데 우리는 이런 기쁨과 사랑을 느끼기 위해 기도하지 않는다. 오직 주님께 감사와 찬미를 드리기 위해 기도한다. 기도가 내 몸에 맞는 옷이면 좋겠다.

세속적인 신부

나와 친분 있는 분들이 가끔 신부인 나에게 "기도해라. 겸손해라. 순수해라. 따뜻한 마음으로 살아라." 등의 말씀을 자주 하신다. 그분들이 내가 어떤 사람인지 모르는 바도 아닐 텐데, 나에게 왜 이런 말을 하시는 걸까? 순간 자존심이 상하기도 한다. 그렇지만 이내 더 열심인 신부로 살라고 또 주님을 닮은 사제로 살아가라는 격려로 받아들인다. 그래서 그분들의 말씀이 처음에는 부담스럽지만 사랑과 충고의 말씀으로 다가와 나를 풍요롭게 해 준다. 감사하다.

이분들의 말씀은 사제의 모습을 통해 주님을 보고 싶은 마음의 표현이 아닐까? 실제로 많은 분들은 사제의 이런 모습을 보게 되면 너무 기뻐하고 흐뭇해하신다고 한다. 사제에게서 주님의 모습을 보면 주님의 위안을 받게 되기 때문이라고 생각한다. 또한 상대적으로 신자들은 자신들의 부족하고 모자란 모습을 사제들로부터 채우고 싶은 생각도 있을 거다. 자신의 아픈 마음을 주님을 대신해서 사제들이 위로해 주기를 바라는 마음도 있지 않을까? 너무 살기 힘들어서 성당에 와서 따뜻한 위로의 마음을 얻고 갈 수 있는 것이 신자들의 허황된 꿈일까?

그리고 만일 내가 세속에 찌든 모습을 보인다면 나에게 신부다운 맛이 나지 않는다고 비난할 거다. 어수룩하지만 내 모습에 주님의 정신이 배어 있으면 좋겠다. 어딘지 모르게 시대에 뒤떨어진 것 같은 모습 속에서도 함께하시는 주님의 모습이 있기를 바라는지도 모른다. 세상물정을 잘 모르는 나에게 면담을 청하는 분들이 있다. 이분들은 답을 알지 못해서 온 것도 아니고 문제의 해결방법을 몰라서 오는 것도 아니다. 위로를 받고 힘을 얻기 위해서 온 것이다. 신부가 기도하지 않고 세상의 것에 맞들이고 산다면 나에게 그분들이 그런 얘기를 했을까? 신부를 통해서 주님의 위안을 얻고 싶어 오신 분들을 세속적으로 만나지 말아야 한다. 세속적인 답을 주지 말아야 한다. 이제 우리는 같은 그리스도라는 배를 탄 공동체다. 희망을 주고 힘과 위로가 되어 주는 모습이 그립다.

신부들의 세 가지 복

신학생 때부터 지금까지 원로 신부님들에게서 여러 차례 들은 이야기다. 이런 이야기는 그분들의 삶을 통해 얻은 경험이라는 생각이 든다. 사제생활을 하면서 신부들에게는 3가지 복이 있다고 한다. 이름하여 사무장, 수도자, 식복사라고 한다. 신부가 이분들을 잘 만나는 것이 복이라고 한다. 본당에서 속상한 일을 많이 겪고 있는 신부들의 모습을 보면 일면 수긍이 가면서도 한편으로는 조금 이상하고 어딘가 모르게 치우치고 있다는 생각이 든다. 본당 신부들이 이분들을 잘 만나면 주님 뜻대로 잘 산다는 것일까? 아니면 이분들을 잘 만나면 사제생활을 편하게 할 수 있다는 걸까? 다른 많은 본당 신부들이 그렇지 않은 분들을 만나면 불행하다고 할 수 있겠는가? 다음에 만나면 어찌된 영문인지 정중하게 여쭈어 보고 싶다.

그런 논리라면, 반대로 '사무장, 수도자, 식복사 이분들도 본당 신부를 잘 만나야 복이 되지 않을까?' 이렇게 본당 신부가 사무장, 수도자, 식복사를 잘 만나야 된다는 논리는 너무 일방적이다. 이런 일방적인 생각은 누구에게도 도움이 되지 않을 거다. 인사이동 때마다 신자들은 어떤 본당 신부가 오는가에 많은 촉각을 세우고 있다. 그것은 본당 신부들에게도 마찬가지다. 신부들도 긴장하기는 마찬가지다. 쌀쌀맞고 낯가림이 심한 신부와 신자의 경우에는 서로가 적응을 잘하지 못하고 어느 정도 힘들게 지내게 마련이다. 그래서 신자들에게 다가가지 못하고, 야단만 쳐서 신자들에게 상처만 주고, 신자들과 동화되지도 못하는 경우를 자주 본다. 그래서야 신자들의 삶 속에 들어가 주님의 모습을 드러내야 하는 소명을 어찌 이룰 수 있을까? 본당 신부나 신자들은 이제 서로 정을 붙이고 살아야 할 처지이다. 서로 주님을 중심으로 기도하고 이해하며 살 수 있는 은총을 주님께서 주시리라 굳게 믿고 열심히 노력하며 살아야 하겠다.

시간은 이제 연말을 향해 거침없이 치닫고 있다. 한 해의 삶을 진지하게 돌아보는 시간을 가져 보고 부족한 점이 있으면 주님의 사랑으로 채워 가시기 바란다. 명년에는 그런 데에서 자유로워졌으면 하는 바람이다. 주님께서 우리에게 모든 것이 되어 주신 것처럼 우리들도 서로에게 모든 것이 되어 주기를 바라는 것은 나의 헛된 꿈일까? 허구한 날 죄를 짓고 남의 마음을 아프게 한 나를 위해 그분께서는 모든 것을 내어 주시고 나를 위해 지금까지도 주님께 피땀 흘리시며 간구하시는데, 나는 아직까지 그분의 마음을 조금도 헤아리지 못하고 말 것인가? 이제는 또 '본당 신부가 왕이다.'라는 이야기는 신자들에게나 신부들에게 옛이야기가 되었으면 한다. 모두 새로운 마음으로 새로 시작할 때가 지나가고 있다. 신부는 신자들에게 복이 되고, 신자는 신부들에게 복이 되는 서로이기를 바라면서 올 한 해를 보내고 싶다. 우리는 서로에게 복덩이가 되었으면 하는 것이 새해를 준비하는 나의 간절한 소망이다.

삶은 어디에?

요즘 신부로 살아간다는 것이 참으로 힘들고 어렵다는 것을 새삼 느낀다. 내 뜻이 주님의 뜻에 부합하고 주님 안에서 살아갈 수 있기를 기도하면서 하루를 시작하지만, 순간순간의 삶이 너무 복잡하고 힘들게 느껴질 때가 많다. 걱정이 없는 날이 없고 부족함을 느끼지 않는 날이 없기에 기도할 수밖에 없는 나를 발견하게 된다. 어떤 것을 결정하더라도 기도하면서 순리에 따라 결정하면 되는 것을 알면서도 많은 시간 동안 고민을 하며 인간적인 걱정 속에서 결정하는 경우가 많다. 공동체의 수준과 상황을 고려해야 하고 많은 분들에게 도움이 될 수 있는 방법을 찾아야 한다. 그래서 어떤 때는 이 방법이 최선인 줄 알면서도 포기하고 차선의 방법을 선택해야 하는 경우도 있다. 이런 때는 차선이 우리에게는 최선이 되는 경우가 된다.

한 치 앞도 내다볼 수 없고 항상 흔들리는 나였기에 주님께 간절히 기도하는 사람으로 남고 싶었다. 적어도 나는 이것이 진정 나의 길이기를 바라고 살아왔다. 이렇게 살아가기도 힘들고 바쁜데, 다른 것을 통해 많은 시간을 허비할 때도 있다. 정말 있기도 힘든 일을 접하면서 '왜들 저러지?' '꼭 저래야 했나?' 하는 생각에 마음이 미어질 때가 있다. "주님께서 저에게 주시는 것이라면 기쁘게 받아들일게요. 그렇지만 주님의 뜻이 아니라면 저에게서 거두어 가 주세요."라는 말과 함께 눈물을 남모르게 흘릴 때도 있다. 주님께서는 이렇게 투정을 부리는 나를 따스한 손길로 위로해 주시기도 한다.

사람은 누구나 자기만의 독특한 색깔, 자기만의 색깔을 지니고 살아간다. 그래서 살아가는 자기만의 방식이 있다고들 한다. 이것을 부정해서는 안 되겠지만, 그렇다고 이것을 강요하는 것도 안 될 일이다. 자기주장은 인정되지만, 강요는 안 된다. 그런데 종종 이런 일을 보게 된다. 자기 색깔이 강하고 강요가 심하다 보면 아픔과 상처, 갈등과 고통으로 나타나게 된다. 자기 구령(救靈)의 길을 가기에도 바쁜데, 스스로 아픔을 얻고 건너기 힘든 긴 고통의 터널을 만들어야 할까? 이것을 보는 신부는 강 건너 불 보듯 해야만 하는 걸까?

잃어버린 시간

나는 공소에서 나서 자랐기 때문에 주일학교에 대한 추억이 거의 없다. 본당에 가는 것은 1년에 서너 번, 즉 대축일을 지내러 가는 것이 고작이었다. 나머지는 공소예절을 하는 것이 전부였고, 한 달에 한 번씩 본당 신부님께서 공소에 오셔서 미사를 드리는 것으로 만족해야 했다. 그래서 그런지 공소에 대한 그리움은 남아 있지만, 본당에 대한 추억은 솔직히 남아 있는 것이 별로 없다. 그리고 사제서품을 받고 첫 장엄미사를 드린 곳도 공소였기 때문에 아직도 본당보다는 공소라는 말이 친숙하게 들리고 정을 느끼게 된다.

이런 적도 있었다. 성탄절과 부활절에는 미사를 밤늦게 드렸기 때문에 보통은 걸어서 본당까지 가야 했지만, 동네에 경운기가 들어오고 나서는 공소 신자들이 경운기 두 대에 나눠 타고 본당까지 다녔던 기억이 있다. 지금은 찾아보기 힘든 공소

시절의 낭만이 아닐까?

　나의 기억 중에 주일학교와 청년기의 교회 안에서의 모습은 없다고 해도 틀린 말은 아니다. 이런 이유 때문인지 몰라도 내가 하지 못한 주일학교 생활을 아이들이 더 열심히 해 주기를 바라는 것이고, 나에게 주일학교에 대한 추억이 없는 것을 아이들이 대신 채워 주기를 바라는 마음이 든다.

　당시 본당 수녀님과 신부님들의 모습을 내 마음 안에 그대로 간직하고 있다. 나는 머리가 썩 좋은 편도 아닌데, 수녀님과 신부님께서 해 주신 말씀 한마디를 아직도 생생하게 기억하고 있는 것을 보면, 어린 시절의 신앙은 매우 중요하다고 본다. 친구들과 함께하는 주일학교 생활이 아이들 신앙의 밑거름이 될 것이란 확신이 있기 때문에 우리 주일학교 아이들에게 더 잘 해주고 싶은 마음이 들기도 한다.

　지금은 고향을 떠나서 도회지 본당에서 사목을 하고 있지만, 내가 주일학교에 대해 애정을 가지고 사목을 하는 바탕은 어릴 적 시골 소년의 모습에서부터 시작한다. 나에게 부족했던 것을 아이들이 되풀이하지 않았으면 하는 마음, 없어진 나의 추억을 아이들에게 찾아주고 싶은 마음에서 항상 아이들에게 잘 해 주고 싶은 마음이 생긴다. 우리 아이들에게 어릴 적 신앙의 추억을 마음속 깊이 잘 간직해 주고 싶다.

내 친구 은선이

내가 은선이를 만난 것은 어느 본당에서 보좌 신부 생활을 할 때다. 그러니까 은선이를 만나는 것이 10년도 넘었을 거다. 올 2월 어느 날엔가 은선이의 대모님인 아녜스 자매님이 은선이를 데리고 내가 있는 성당으로 오신다는 연락을 하셨다. 나는 은선이를 설레는 마음으로 기다리기 시작했다. 은선이는 오랫동안 만나지 못한 내 친구이기 때문이다.

내 친구 은선이는 초등학교 때 뇌수술을 잘못해서 시각장애인이 된 아이다. 수술 후유증으로 실명이 되었고, 두 해를 쉬는 바람에 은선이는 또래 아이들보다 학년이 두 학년이나 아래가 되었다. 은선이는 지금 대학생이다. 자기와 같은 처지에 있는 아이들의 손과 발이 되고 싶다며 우리나라에서 유일한 시각장애인 특수학과가 있는 지방의 어느 대학에 다니고 있다. 지방에서 혼자 자취를 하며 공부를 하는 은선이는 정말 마음씨가 고운 아이다. 시각장애인이 되어서도 걱정하실 부모님을 생각해서 더 열심히 공부를 했고, 부모님이 걱정하실까 봐 항상 웃고 기쁘게 지낸 아이다.

내가 그 본당을 떠나기 며칠 전에, 은선이에게 "신부님은 이제 다른 본당으로 가게 되었단다."라고 말을 건넸다. 그때 은선이는 아무 말도 하지 않고 그냥 눈물만 흘렸다. 그러고는 떠나기 전날, 은선이랑 단짝 친구이자 지팡이인 순전이가 와서 여러 날 동안 접은 종이학을 나에게 주었다. 나는 이삿짐을 꾸리면서도 은선이랑 순전이가 접어 준 종이학을 하나씩 세어 보았다. 학은 정확하게 천 마리였다. 은선이의 정성이 눈에 보였다. 마음씨 고운 은선이랑 순전이를 나는 잊지 못할 거다.

약속한 날 오후에 은선이랑, 순전이랑, 대모님인 아녜스 자매님이 오셨다. 참고로 순전이는 은선이의 대모님인 아녜스 자매님의 딸이다. 이런저런 맛있는 이야기를 나누었다. 은선이는 대모님의 얼굴도 친구 순전이의 얼굴도 기억하지 못한다. 물론 내 얼굴을 본 적이 없기에 나를 기억할 모습은 하나도 없다. 그런데 은선이는 목소리로 그 사람을 안다고 한다. 그 아이는 모든 것을 자기 마음으로 본다고 한다. 세상의 모든 사물을 볼 수는 없지만, 그 안에 있는 사랑은 안다고 한다. 저녁식사를 하고 아이스크림을 먹고 헤어질 때가 되어 전철역으로 갔다. 작별을 하게 되었다. 더 있고 싶어도 그럴 수가 없어 아쉬웠지만, 보내야만 했다. 악수를 하고 "잘 가." 했다. 은선이도 "신부님, 안녕히 계세요." 했다. 계단 아래까지 가면서도 손을 계속 흔들었다. 손을 흔드는데 거리가 점점 멀어질수록 은선이는 다른 방향을 보는 것이었다. 다른 곳을 보면서 손을 흔드는 은선이의 마음속 어느 자리엔가 내가 있었을 거다.

사제관으로 돌아오면서 은선이게게 미안했다. 은선이는 전혀 볼 수 없는데 그 사람의 믿음과 사랑을 볼 수 있는데, 볼 수 있는 나는 제대로 보지 못하고 믿지도 못하니 답답하고 미안했다. 보이지 않지만 제대로 보는 은선이가 부럽다. 그런 은선이가 사랑스럽다.

각인학습

주일 오후에 텔레비전을 보는데, 오리가 주인을 쫓아다니는 모습이 보인다. 강아지도 아닌데 졸졸 잘도 쫓아다닌다. 신기하다 싶어 계속 보고 있자니, 이번에는 개와 닭이 서로를 지켜 주며 동거한다는 놀라운 소식도 나온다. 누가 닭에게 다가가면 개는 사납게 짖으며 난리를 피운다. 나중에 알고 보니 새들은 알에서 깨어나 처음 보는 것을 자기 엄마로 생각한다고 한다. 그래서 오리나 닭이 다른 사람이나 동물과 친숙하게 지내는 것이다. 일명 각인학습의 효과라고 한다.

우리에게는 배우고 싶은 사람, 닮고 싶은 사람이 있다. 아이들에게는 운동선수나 연예인이 그럴 것이다. 경험으로 보면 이런 동일화의 노력이 성숙의 원동력이 되기도 한다. 어른들에게도 배우고 닮고 싶은 사람이 있다. 과연 나에게 그런 사람이 있는가 생각해 볼 필요가 있겠다. 이렇게 배우고 닮아가는 과정 속에서 우리는 또 다른 성숙의 기회를 맞게 된다. 또한 사람들에게는 어떤 환경에 있느냐가 중요하다. 태어나서 누굴 보느냐도 중요하고, 누구와 어떤 환경에서 사느냐가 중요하다. 맹모삼천이라는 말도 있다. 맹자에게 장터, 장의사, 서당 근처에서의 삶이 차례로 주어졌다. 만일 맹자의 어머니가 아니었다면, 또 맹자에게 이런 교육적인 기회가 주어지지 않았다면 우리가 알고 있는 맹자는 없었을 것이다.

신앙인에게도 각인학습의 효과는 있다. 무엇을 보고 자랐는가, 어떤 환경 속에서 자랐는가 하는 것이 우리의 신앙과 밀접한 관련이 있다. 우리가 만나고 보고 배우는 것은 우리를 거듭 태어날 수 있게 만들어 준다. 우리가 만일 신앙 안에서 거듭나고자 한다면, 그리스도의 삶을 배우고 그리스도를 닮고자 노력해야 한다. 이를 통해서만 신앙의 성숙을 이룰 수 있다. 또한 우리는 서로 격려하고 따뜻한 동무가 되어 신앙의 유익을 동료들과 나눠야 한다. 이것은 주님께서도 간절하게 바라시는 바이기도 하다.

제3장

엄마의 젖꼭지

생각하기 나름

첫째 이야기.

나는 사제서품을 받기까지 공소에서 지내왔다. 주말이면 보좌 신부님이 공소에 미사를 드리러 오시곤 하였다. 내가 사제서품을 받고 난 후에도 본당 신부님의 배려로 공소에서 주일미사를 계속 드릴 수 있었다. 한번은 보좌 신부인 후배 신부가 공소미사를 드리러 와서 어머니께 "태헌이 형의 별명이 뭔지 아세요?" 했더란다. 우리 어머니는 그전부터 내 별명을 듣고 알아 왔던지라 "개장수요" 하셨다고 한다. 후배 신부는 어머니의 말씀에 쑥스러워선지 할 말을 잊고 "그래요?" 하면서 자리를 피했다고 한다. 글쎄. 내 별명이 그렇다 해도 내 부모에게 자랑스럽게 그렇게 이야기할 필요는 없지 않았을까 한다.

둘째 이야기.

교구에서 실시하는 교육을 받고 돌아온 부부가 나에게 "신부님의 별명이 무엇인지 압니다. 지도 신부님이 알려 주셨어요." 하며 자랑스럽게 이야기한다. "그게 뭔데요?" 했더니, 부부는 웃으면서 "신부님의 별명이 개장수라고 하던데요."라고 한다. 이게 뭘까 싶다. 할 말이 있고 안 할 말이 있는데 말이다. 조카들도 어디서 들었는지 내가 마음에 들지 않을 때마다 '개장수' 하며 놀려댈 때가 있다. 이럴 때는 이 녀석들이 밉다.

이 두 가지 경우를 겪고 기분이 좋지는 않았지만, 악의가 없는 모습이고 보니 그렇게 화를 낼 일도 아니다. 사실 내 별명은 개장수가 맞기 때문이다. 본당 신부의 별명이 개장수라고 하면, 신자들은 웃을 것이 분명하다. 그러나 그 별명을 들은 지도 꽤 오래되었으니 나에게는 '개장수'란 별명이 수치스럽지도 않다. 아니 이제는 그 별명이 편안하게 느껴진다. 신자분들도 듣기에 거북할 수는 있지만, 오히려 나처럼 친근하게 듣는 것이 상책일 것이다. 신학생 때부터 이 별명을 들었는데, 처음에는 수치스럽고 당혹스러웠다. 내가 내 별명을 공개하는 것은 이제 별명에서 자유롭기 때문이다. 별 신경을 쓰지 않아도 될 일에 목숨을 거는 듯이 하다 보면, 모두가 불편해진다. 생각하기 나름이다.

후회와 통회

판공성사를 보는 시기가 다가온다. 우리나라에서는 일 년에 두 번씩 주님의 부활과 성탄을 잘 준비하기 위해 사순시기와 대림시기에 판공성사를 본다. 이 판공성사를 보기 위해 줄을 선 모습이 우리나라 천주교의 아름다운 모습이 아닐까 한다. 그런데 성사를 보고 나오는 사람들의 표정을 보면 참으로 다양하다. 어떤 사람들은 기쁜 얼굴 표정을 하고, 다른 사람들은 얼굴이 굳어지는 표정을 보인다.

많은 사람들이 성사를 보기가 두렵다고 한다. 왜 그럴까? 자기 죄를 고백하고 사함받는 것이 두려워서일까? 아니면 고백한다는 것이 부담이 되어서 그럴까? 고해 사제와 잘 아는 관계라 나의 비밀을 남이 아는 것에 대한 부담 때문에 그럴까? 머리가 복잡해진다.

진정한 회심(통회)을 통해서 새 희망이 주어진다. 준비가 없는, 즉 진정한 통회가 없는 성사는 부담만 커지는 성사가 될 것이 분명하다. 내가 지은 죄에 대해 진심으로 통회하며 아파하고, 다시는 그와 같은 죄를 짓지 않기를 다짐하고, 죄지을 기회를 피할 수 있도록 은총을 청하는 것이 중요하다.

가리옷 유다와 베드로 사도의 경우를 보자. 똑같이 주님을 배반하였지만, 둘의 모습은 어떤가? 둘은 뉘우쳤다고 성경에 나온다. 그러나 유다는 자살을 하였고, 베드로 사도는 주님을 위해 목숨을 바쳤다. 유다는 자신의 행동에 대해 진정한 통회를 하지 못하고 창살 없는 감옥에 갇혀 스스로 과거에서 헤어나지 못하고 결국 자살을 선택한다. 통회하지 못하고 후회만 하고 있었다. 반면 베드로 사도는 진정한 통회를 통해서 새 희망의 삶을 시작한다. 오직 주님만을 위해 살게 되었다.

후회와 통회는 이렇게 다르다. 후회는 수도 없이 여러 번 해도 생명과 희망이 없지만, 진정한 통회는 한 번으로 충분하며 생명과 희망을 선사한다. 이제 고해성사의 부담에서 벗어나면 좋겠다. 올해에는 부담의 성사가 아닌 사랑과 희망의 성사가 되기를 희망한다.

빛바랜 신부

얼마 전에 감기몸살로 병원에서 약을 지었다. 약을 받아들고 오면서 '사제생활을 하는 동안 약만 늘었구나.' 하는 생각이 들었다. 저녁미사 중에 이런 상황을 설명하고 "사제생활 하면서 늘어나는 것은 무엇이라고 생각하십니까?"라고 질문을 했다. 어떤 분은 "고집이요." 다른 분은 "약이요.", "술이요." 했다. 순간 잘못 살았다는 생각이 들었다. '나에 대해 이런 생각을 하고 계시는구나.'라고 생각하고 있는데, 어떤 아이가 "기도요. 사랑이요."라고 하는 거다. 아이가 나를 살렸다. 솔직히 이런 사제이고 싶었다. 다행이다 싶었다. 그런데도 부끄러운 생각이 가시지 않았다. 내가 못 살았으니 부끄러운 생각이 드는 것은 당연했다.

눈 깜짝할 사이에 세월이 흘렀다. 해 놓은 것 없이 시간만 간 것 같은 생각이 든다. 보좌 신부 때에는 빨리 시간이 가서 주임신부로 본당 발령을 받았으면 하는 생각을 했던 적이 있었는데, 이제는 제대로 살지 못하는 입장이 되고 보니 시간이 가는 것이 두렵게 느껴진다. 내 밥벌이도 하지 못하는데 군식구가 딸린 꼴이다. 더군다나 약봉지와 고집만 느는 것뿐만 아니라 무례와 무지, 성급함과 교만함도 늘어나는 느낌이다. 뿐만 아니라 나 스스로 사제가 된 것 같은 착각도 드니 문제가 심각하다. 이사야 예언자가 스스로를 '입술이 더러운 사람'으로 고백할 때 천사가 불돌로 입을 정화시켜 주신 것같이 성령께서 나의 부족함을, 나의 신부생활을 채워 주시기를 감히 청한다.

사진을 현상하면 처음에는 색상이 선명하던 것이 시간이 흐르면서 허옇게 빛이 바래는 것처럼 나의 사제생활도 시간이 흐르면서 빛이 바랠까 겁이 난다. 오늘 저녁에 처음처럼 정성껏 살아가자는 다짐을 하였다. 지내면 지낼수록 주님의 사랑이 배어 나오는 그런 사제이고 싶다. 주님을 닮고 싶은 부족한 사제의 마음이다.

엄마의 젖꼭지

평소에 별로 감정표현을 하지 않으시던 어머니께서 요즘은 "사랑해요.", "고마워요." 등의 말씀을 자주 하신다. 처음에는 쑥스럽게 들리기도 했지만, 자주 듣다 보니 어머니의 본래 마음이다 싶은 생각이 들면서 항상 이 말씀을 해 주시기를 바라는 마음이 든다. 나는 이 말씀을 들으면서 많은 생각을 하게 된다. 어머니의 사랑이 담긴 말씀이 쑥스럽게 들리는 이유는 뭘까? 이제야 하시는 이유가 뭘까? 그런 표현을 하시기에 아직 덜 성숙된 가족의 분위기 때문이었을까? 여러 생각이 많다.

그러나 중요한 것은 지금에라도 어머니께서 편한 마음으로, 하고 싶으신 것을 하실 수 있는 마음으로 지내셨으면 하는 것이다. 평생 고생만 하신 어머니께서 편한 마음으로 사시기를 빈다. 나는 어머니의 이런 마음을 이해한다. 그래서 요즘 나는 어머니라는 말 대신에 엄마라는 말을 쓴다. 이 나이 먹고 엄마라고 하는 것이 민망하다는 생각도 해 보았지만, 그래도 엄마가 좋아하시는 말을 계속 하고 싶다.

지난 휴가 때 집에 들러 며칠 머물고 온 적이 있다. 어깨를 수술하신 후라 옷을 갈아입는 것도 힘들어하시기에 옷을 갈아입는 것을 도와드렸는데, 엄마 가슴에는 우리가 먹고 자랐던 엄마의 풍요로운 젖꼭지 대신에 건포도처럼 삐쩍 말라비틀어진 젖꼭지가 달려 있었고, 엄마의 아랫배는 자녀 다섯에게 열 달씩 내어 주시느라 복어의 배처럼 불룩하게 나와 있었다. 시골로 시집오신 후 계속 농사일만 하신 탓에 그 후유증으로 어깨를 쓰지 못하시다가 수술을 하셨는데, 한 자가 넘게 난 수술 자국만 어깨에 남아 있었다. 젖꼭지가 건포도가 되어도, 아랫배가 복어 배처럼 되어도, 어깨뼈의 골막이 찢어져도 당신은 좋으셨다. 내 몸을 자녀들에게 다 주어도 하나도 아깝지 않은 엄마의 사랑이 당신 몸에 상처로 고스란히 담겨 있었던 것이다. 모진 세월을 인내하신 그 엄마가 이제야 "사랑해요." "고마워요." 하시며 당신의 속내를 드러내시는 것이다. 나도 감추어 둔 "사랑해요."라는 말을 조심스럽게 건넨다.

까마귀와 백조

시골에서 자란 나는 목욕탕에 한 번도 가 본 적이 없다. 그래서
그런지 지금도 목욕탕이나 사우나에 가는 것이 낯설게만 느껴
진다. 어릴 때, 겨울철에는 부모님께서 날을 잡아 큰 함지박에
물을 받아 목욕을 시키시곤 하셨다. 자녀들을 까마귀로 만들
지 않으려는 부모님 덕분에 우리 5남매는 같은 날 저녁에 모두
까마귀가 백조로 거듭 태어난다. 감사할 일이다.

　나는 유난히 몸에 때가 많아 부모님의 애를 유난히 태웠다.
몸을 씻는 날이면 특히 때가 잘 벗겨지지 않아 고생을 많이 했
다. 때가 불어야 잘 씻기는데 때가 불지 않아 번번이 나는 맨
나중에 하게 되었다. 땟국물이 둥둥 떠다니는 물속에 앉아 있
는 것이 힘들었다. 아무튼 백조가 된 우리는 속옷만 입고 기분
좋아 뛰어다니다가 혼나기도 했다. 그러다가 잠을 자게 되는데
세상에 부러울 것이 없는 천사가 되어 곤하게 잠을 청했던 기

억이 새롭다.

  그 시절이 왜 이렇게 그리운가? 부모님의 때를 밀어주시던
손길이 그립다. 이제는 연로하셔서 그리하지도 못하시는 것이
서럽게 다가온다. 그 시절이 그립고 그립다. 이제는 내가 부모
님의 때를 밀어드려야 하는데 아직 한 번도 해 드리지 못했다.
때를 밀어드리지 못해 아쉽기만 하다. 날 잡아서 모시고 가야
하겠다. 이게 내가 그 사랑에 보답하는 길일 거다.

나의 증명서

우리 사회에서는 나를 증명하는 것들이 많이 필요하다. 운전을 할 때도 면허증이 있어야 하고, 기계를 고치려 해도 해당 자격증이 있어야 한다. 학교에서 아이들을 가르치려 해도 교사 자격증이 있어야 하고, 남의 병을 고치려면 의사 면허증이 있어야 한다. 그래서 면허증과 자격증을 따려고 사람들이 많아지고, 그 수준도 꽤나 높아졌다고 한다. 회사에서는 좋은 조건을 갖춘 사람들을 선별해서 뽑기 위해 자격증이나 면허증, 증명서 등을 요구한다. 그전에는 면허증이나 자격증이 없어도 실력만 있으면 살 수가 있었지만, 지금은 무자격자 또는 돌팔이로 취급되어 그 행위를 하지 못하게 된다. 옛날에는 교사 자격증이 없어도 훈장을 할 수 있었다. 그러나 지금은 그렇게 할 수 없다. 나를 객관적으로 증명해 내지 못하면 어떤 누구도 살아남지 못하는 세상이 되고 만 것이다.

신부들에게는 면허증이나 자격증이 없다. 사제서품을 받을 때도 주교님에게서 어떤 증명서나 자격증을 받지 못했다. 누가 사제 면허증 내지 자격증을 제시하라고 하면 보여 줄 것이 없다. 로만칼라가 신부를 증명하는 것이라면 개신교 목사님들이 하고 다니는 로만칼라는 무엇이란 말인가? 여권을 만들 때 칼라를 하고 찍은 사진이 있는데, 그 사진이 신부인 나를 증명할 수 있는가?

과연 나는 나를 증명할 것이 운전 면허증과 여권 사진밖에 없는 것일까? 신부로 살면서 내가 신부인 것을 어떻게 증명할 것인가? 고민이 많다.

그러나 나에게는 신앙인으로서, 신부로서 자격증도 있고 면허증도 있다. 그리고 증명서도 있다. 바로 주님이다. 부족하기로 말하면 이루 다 말할 수 없는 나이지만, 주님 말씀대로 살고 주님의 사랑을 실천하며 살 때, 그분은 나에게 자격증, 면허증, 증명서가 되어 준다. 운전 면허증 말고 주님이 나의 유일한 자격증, 면허증, 증명서이기를 희망한다. 주님을 통한 나의 삶이 나를 증명해 줄 것을 안다. 그래서 주님을 증명하고 나를 증명하기 위해 오늘도 열심히 살 거다. 오늘 주님이 나의 증명서다.

왕따 신부님

본당 신부님들 중에서 보좌 신부님에게 호되게 시집살이를 시키는 신부님을 호랑이 신부님이라고 부른다. 물론 보좌 신부님들을 지도하고 보호해야 할 임무가 본당 신부님들에게 있기 때문에 대부분의 보좌 신부님들은 크게 불평하거나 힘들게 생각하지는 않는다. 그런 신부님 밑에서 좋은 사목을 체험할 수 있으니 일면의 좋은 점도 있다.

그런데 생각보다 너무 심하다 싶게 하시는 본당 신부님들이 계신다. 잘못의 경중을 따지지 않고 또 잘못의 비중보다도 더 혹독하게 처리하시는 것이 가끔은 상처를 남긴다. 그래서 인사 발령 때 호랑이 신부님들의 보좌 신부로 발령이 나면 선배, 후배 신부님들의 위로와 격려가 줄을 잇는다. 우리 교구에서는 그런 본당 신부님들을 일명 보좌 5적 또는 왕따 신부님이라고 부른다.(무척 조심스럽다. 신부님들의 이야기를 함부로 입에 올린 것 같아서 죄송하

다. 그러나 호랑이 신부님들께서 보좌 신부님들에게 따뜻하게 잘 해 주시기를 바라는
마음에서 조심스럽게 말씀드린다.) 남에게 상처를 주는 모습에서 벗어나
힘과 용기를 주시는 분들이 되기를 기도한다. 또한 나에게도
그런 모습이 있음을 보고 반성해 본다.

우리 본당에도 왕따 신자들이 있다는 흥미롭지만은 않은 이
야기가 들려온다. 나는 그분들이 누구인지 제대로 알지 못한
다. 그저 그런 신자들이 있다는 이야기를 들었을 뿐이다. 분위
기를 모르고 자신만 고집하는 신자들, 대화로 문제를 해결하
기보다는 삐치거나 아예 말을 하지 않는 신자들, 자기 이야기
만 해서 남들을 불편하게 하는 신자들을 왕따 신자라고들 하
는 모양이다. 왕따 신부님들과 왕따 신자들의 공통점은 남을
불편하게 한다는 것과 자기가 그런 것을 남들은 다 아는데 자
신만 모르고 있다는 것이다. 왕따 신부님과 왕따 신자들의 이
런 모습을 어떻게 하면 고칠 수 있을까? 고견을 듣고 싶다. 불
편하다고 해서 그분들을 그저 피하기만 하면 되는 것일까? 그
것은 좋은 방법 같지는 않다. 그분들 나름의 모습을 인정해야
하고 같이 공동체를 이루며 살아가야 하기 때문이다.

마지못해 피는 꽃이 되지 마십시오

어느 수사님이 쓴 글인 듯싶다. 이 글은 개인 피정을 할 때 어느 수도원 침실 책상에 있던 글을 몇 줄 적어 둔 것이다. 시 전체를 적어 둔 것이 아니라 일부만 발췌해서 적은 것임을 밝힌다.

<중략>

값비싼 꽃은 사람이 키우고 값없는 꽃은 하느님이 돌보십니다.

고귀하고 값비싼 옷을 걸어 놓는다고 하여
옷걸이의 크기가 달라지는 것이 아닙니다.

되는대로 마지못해 피는 꽃이 되지 마십시오
한 번뿐인 생명 아무렇게나 살아서도 안 됩니다.

가벼운 웃음으로 시작되는 것이 행복이라면

될 수 있는 한 하나라도 더 사랑을 찾으십시오.

비워진 마음을 사랑으로 채우는 덕목은

당신이 살아가는 아주 가까운 곳에 있답니다.

<하략>

값없는 꽃이라 하여 스스로 자신을 낮게 평가해서는 안 된다. 우리는 주님께서 직접 키우고 계시는 꽃이다. 또 들에 핀 이름 없는 꽃이라 하여 홀대하지 말아야 한다. 그 꽃 또한 주님께서 직접 관리하고 계시니까 말이다.

우리는 마지못해 피는 꽃이 되지 말아야 한다. 한 번 살다 가는 인생, 아쉬움이 남지 않게 정성껏 살아가자. 들에 피는 꽃이면 어떤가? 남이 알아주지 않는다 해도 나는 내 자리에서 들꽃 향기를 내면서 살아가면 족하다. 사람들이 찾아오지 않으면 어떤가? 그래도 나는 나의 주인이 주님이심을 잘 알고 있고, 벌과 나비도 알고 찾아오니 나는 행복하다. 나는 그것에 만족한다. 아무도 알아주지 않아도 나는 내 자리에서 주님의 영광과 은총을 몸으로 찬양하련다.

나의 성주간

나의 부활절 맞이는 너무나 힘들다. 성주간이 시작되면서, 아니 솔직히 말씀드리자면 '보라. 십자나무', '용약하라.'에서부터 나의 힘든 사순절은 시작된다. 노래를 잘못하는 나에게는 노래하기가 여간 힘든 것이 아니다. 초등학교 시절에 노래를 못 불러 친구들의 놀림감이 된 후로 다시는 노래를 하지 않겠다고 결심하고 또 결심했다. 그래서 군대에 가서도 매를 맞아가면서까지 노래를 하지 않았다. 신학교에 가서도 이 상황은 변하지 않았다. 그러나 신학교에서는 성가를 하지 않을 수 없었다. 미사 때 성가를 부를 때는 그렇다 치더라도 실기시험을 보아야 하는 종교 음악시간은 더없는 고통과 긴장의 시간이었다. 다행히 노래를 못 부르는 동료가 나 말고도 세 명이나 더 있어서 많은 위로가 되었지만, 신부가 된 지금도 노래는 피하고 싶은 심정이다.

본당 교중미사 때 가끔 음이 생각나지 않거나 생각했던 음이 나오지 않고 다른 음이 내 입에서 나올 때는 정말 도망가고 싶었다. 그리고 일 년에 한두 번이긴 하지만 교우분들과 야유회를 갔을 때 노래를 해야 하는 분위기는 정말 나에게는 끔찍했다. 요리조리 피하다 결국 노래를 하기로 결심한 날은 나 스스로 대견하다고 생각했다.

그런데 가끔 어떤 분이 오셔서 "신부님, 목소리는 참 좋으셔요." 하신다. 듣기 좋으라고 하시는지 모르지만, 나는 그 말이 듣기에 싫지 않다. 어쨌든 나는 노래에 자신이 없다. 이제 나만의 사순절을 준비해야 한다. 주님께서 용약하셔야만 나도 용약하고 부활할 테니까 말이다.

이젠 아픈 마음의 상처를 딛고, 마음의 문을 열고 기쁜 마음으로 연습을 해야겠다. 올해는 부끄러움과 창피함을 걷어치우고 자신 있게 용약해야겠다. 내가 우리 집에서 노래를 제일 잘하니까 말이다. 노래를 못하는 것은 둘째로 치고 주님의 부활에 초점을 맞추고 싶다. 그래야 모두가 기쁜 마음으로 부활을 맞이할 수 있을 것이다. 비록 신부가 노래는 못할지언정 주님의 부활은 여지없이 찾아오신다는 희망을 갖자고 스스로 위안을 삼는다. 글을 쓰는 지금은 아는 성가를 흥얼거리고 싶다. 아니 내 마음에 벌써 부활이 찾아왔나?

겨울 양복

신학생 때의 일이다. 신학생이라면 어느 누구나 다 겪었던 일일 것이다. 신학교에서는 해마다 부활절을 기념하여 며칠간의 부활 방학을 한다. 신학생들은 교복인 검은색 또는 군청색의 양복을 입고 당찬 모습으로 신학교를 떠나 각자 본당을 향해 간다. 길거리에 나서면 사람들은 수십 명의 젊은이들이 더운 날씨에 검은색 양복을 입고 다니는 모습이 신기한지 자꾸만 쳐다본다. 그런 많은 사람들의 따가운 시선을 뒤로하고 당당한 모습으로 본당에 도착하여 본당 신부님께 인사를 드리게 되는데, 문제는 이때 생긴다. 수녀님은 "학사님들은 아직도 겨울이시네요? 옷이 그렇게 없으세요? 다음에는 반팔 옷을 입고 나오세요." 하고 신학생들을 놀려댄다.

신학생들은 입학할 때 겨울 양복 한 벌만 가지고 들어간다. 그러니 다른 양복이 있을 리가 없다. 수녀님은 사정도 모르고 그렇게 놀려대는 거다. 그래도 부활 방학을 맞은 마음은 즐겁고 기쁘기만 했다. 물론 수녀님이 악의가 없다는 것을 잘 알기에 또 신학생들의 든든한 후원자라는 것을 알기에 진짜로 미워하지는 않는다.

그때의 모습을 생각해 본다. 더운 날씨에 두꺼운 겨울옷을 입고 나온 것이 창피하고 쑥스러웠다면, 변화와 성숙이 요구되고 있는 상황에 적절하게 대처해 나가지 못하는 것에 대해서도 창피하거나 쑥스럽지는 않은지 생각해 보아야 한다. 겨울옷이야 그렇다 치지만, 변화하고 성숙하지 않으면 이것이 더 쑥스럽고 창피한 것이 아닐까? 남들은 싱그러운 봄날의 정취를 마음껏 누리는데, 나 혼자만 아직도 겨울이라면 홀로 외톨이가 된 것처럼 소외감과 열등감에 빠지게 될 것이다. 예를 들면, 분노에 싸여 해결하려는 노력 없이 나를 방치해 둔다면, 용서하고 이해하고 화해하려는 마음의 움직임은 없고 미워하고 시기하고 질투하는 모습으로 나타나게 될 것은 뻔하다. 그러니 분노하는 마음을 두고 적응하고 극복할 수 있기를 바라시는 주님의 방법을 찾아야 한다. 내 마음이 아직도 겨울이라면 너무나 추울 것 같다. 우리 마음도 모든 만물이 힘차게 생동하는 따뜻한 봄날이었으면 좋겠다. 그게 자연의 이치다.

성인 사제 되소서!

신학교에서 선배들이 부제품을 받거나 사제품을 받을 때나 선
·후배들의 축일 때 신학생들은 정성을 담아 축하 카드를 쓰는
데, 보통은 "성인 사제 되소서!"라는 문구를 제일 많이 쓴다. 아
마도 상대방이 주님을 본받고자 노력하며 살아가기를 바라는
마음을 담아 전하는 것이 아닐까 싶다. 이러한 표현은 신학생
이나 사제들에게 있어서 가장 고전적이고 원칙적인 축하의 메
시지다.

　얼마 전에 동창 신부들 모임에서 '성인 사제 되라.'는 주제로
토론한 적이 있었는데, 모임을 끝마친 후에 하루하루 바쁜 시
간을 보내는 나로서는 그동안 잊고 살았던 것을 다시 찾은 것
같은 기분이 들어 너무 기뻤다. 내가 이 화두를 꺼내는 것은 그
동안 제대로 살지 못한 것에 대한 반성의 의미이며, 시대적인
흐름에 응답하리라는 내면의 결심이기도 했다.

내가 스스로 이런 생각을 정리하고 다짐해야 하는 부분이기도 하지만, 특히 많은 신자분들에게서 요구받는 것이 이런 것들이다. 본당 신부가 더 열심히 살아주었으면, 지금보다 더 헌신적으로 살아주었으면 하는 바람이라는 것이다. 내가 하지 못했던 것을, 내가 하지 못하는 것을 신부가 살아냈으면 하는 바람이기도 할 거다.

난세에 영웅이 탄생하는 것처럼 교회에서도 성인이 탄생하는 시기를 보면, 신앙생활이 어지러울 때 많은 성인이 탄생했다. 그래서 신앙생활을 해 나가기 힘들어지는 요즘과 같은 상황에서는 많은 사제들과 신자분들이 성인품에 오를 가능성이 많아졌다고 생각한다. 힘든 시기이지만 더 열심히 기도하고 노력한다면 분명 많은 성인 성녀들이 등장하게 될 것이라 조심스럽게 예견해 본다.

우리 교회에서, 우리 본당에서, 내가 아는 형제, 자매님들 중에서 성인 성녀들이 많이 탄생하기를 작은 마음으로 빈다. 위기는 곧 호기라고 했다. 그전보다 신앙생활을 하기 힘들어진 것은 사실이다. 많은 것들이 우리의 신앙을 위협하고 유혹하고 있다. 이런 것을 극복하기 위해서 우리가 하는 일들이 아름다운 것들이다. 오늘은 유난히 성인 성녀들이 내 눈에 보인다.

토끼 먹이

가정방문을 나갔다가 점심식사 시간이 되어 어느 형제님 댁에서 점심밥을 얻어먹게 되었다. 겨울철이라 어느 집이나 조반을 차려 먹고 나면 점심 때 뭘 해먹나 하고 신경을 써야 했던 때다. 거기에 본당 신부가 왔으니, 자매님의 걱정은 이만저만이 아니었을 거다. 그래서 나는 "그런 것에 별로 신경 쓰지 마라. 원래 먹성이 좋은 편이라 아무것이나 다 잘 먹는다."고 말씀을 드렸다. 그래도 자매님의 얼굴에는 걱정이 태산 같아 보였다. 원래는 부담을 주지 않기 위해서 점심식사를 하고 방문을 나가기로 했는데, 남편의 근무가 오후부터니 오전에 올 수 없느냐는 기별을 듣고 오전에 가게 된 것이다.

반찬으로 여러 가지가 있었지만, 기억에 남는 것은 봄동이었다. 봄동은 속이 들지 않은 배추를 가을에 수확하지 않고 겨우내 밭에 두었다가 봄철에 먹는데, 고소한 맛이 일품이다. 봄동을 된장에 찍어 먹다가 기르던 토끼가 생각이 났다. 먹이가 없어서 아침에 먹이를 주지 못했는데, 그놈의 토끼가 나를 불편하게 한다. 키우는 토끼 때문에 봄동도 편하게 먹지 못했다. 그래서 나는 다듬고 버린 이파리와 봄동 몇 장을 얻어다가 토끼에게 먹이로 주었다. 토끼들은 싸우지도 않고 잘도 먹는다.

참 신기하다. 사람들은 밥그릇 싸움에 체면도 불구하고 싸우고 돌볼 사람도 돌보지 않는데, 애들은 서로 사이좋게 오물오물 먹고 있다. 사람이 먹는 것을 토끼가 먹는다. 아니, 토끼가 먹을 것을 사람에게 나누어 주는지도 모른다. 사람들은 부자가 먹는 것과 가난한 사람이 먹는 음식에 선을 긋고 있지만, 동물들은 아무런 구별도 없이 서로 나눠 먹는다. 실로 그랬다. 주님께서는 아무런 편견도 없는 세상을 만드셨는데, 우리 인간의 탐욕과 무지가 편을 가르고 있는 꼴이다.

쓰레기라고, 버릴 것이라고 생각했던 것이 토끼에게는 좋은 먹이가 되고, 사람들이 먹다 남긴 닭 뼈다귀나 뜯다 만 돼지갈비는 남식이(성당 강아지 이름입니다.)에게는 살을 찌우는 음식이 된다. 사실 쓰레기라고 하는 것도 우리 인간의 편견이다. 달리 생각해 보면, 쓰레기는 아무런 쓸모가 없는 것을 의미하지만, 쓰레기라고 여겼던 배추 이파리도 음식이 되는 것을 보면 편견이

분명하다. 쓰레기를 잘 활용하면 거름도 될 수 있고, 먹이도 될 수 있음을 우리는 안다. 생각을 전환해 보자.

쓰레기도 좋은 먹이가 되는데, 볼품없고 능력이 없는 사람이라 해도 다른 몫의 역할을 해 낼지는 아무도 모른다. 그 사람을 섣부른 판단에 맡기지 말자. 사람도 짐승도 같은 것을 나누어 먹고 살게 마련인데, 너무 내 것 네 것만 따지고 살았던 우리들이다. 주님 보시기에 과연 좋은 모습은 아니었을 듯싶다. 봄동과 토끼를 통해서 좋은 깨달음을 얻은 하루였다.

고향의 냄새

며칠 전에 운동을 나갔다가 집으로 돌아오는 길에 다정하게 산책하시는 요셉 형제님 부부를 만났다. 두 분의 모습이 너무 아름다웠다. 그래서 방해하고 싶지 않은 생각에 그 길을 피해 다른 길로 가려고 했으나, 내 굼뜬 행동은 이내 예리한 자매님의 레이더에 포착되었고 돌아오는 길을 함께하게 되었다.

우리는 안동네로 향하는 길을 선택해서 걸었다. 그런데 형제님이 "안동네에 소 키우는 집이 있는데, 그 냄새가 고향의 냄새 같다." 하시며 좋아하셨다. 나도 자주 다니던 길이라 그 집을 잘 알고 있었다. 그러나 나는 요셉 형제님과 다르게 생각하고 있었다. 그래서 말씀을 드릴까 말까 조금 망설였다.(나는 그 집과 원수 질 마음이 없음을 미리 밝혀 두고 싶다.) 하지만 얘기를 해야 할 것 같아서 큰마음을 먹고 말씀을 드렸다. "그 냄새는 고향의 냄새 같지만, 사실은 게으름의 냄새입니다. 똥은 논밭에서 썩어야 하는데, 축사에서 썩고 있으니 고향의 냄새가 아니라 게으름의 냄새, 게으름이 부른 냄새입니다." 하고 말씀드렸다. 비가 오면 물이 축사 안으로 흘러 들어가 소똥과 함께 범벅이 되어 소는 똥 탕에서 자라고 있었다. 소는 온몸이 똥 범벅이 되었고, 그 냄새는 저 멀리서도 진동을 한다. 물론 사정이 있겠지만, 짐승은 그렇게 키우는 것이 아니고, 농사는 그렇게 짓는 것이 아니다. 자식을 보살피듯 정성을 다해야 하는데, 거기에는 그런 모습이 없었다. 똥을 치워 주었어야 했고, 비가 들이치면 도랑을 내서 물길을 돌려야 했다. 나는 주인에게 그 말을 하고 싶었지만, 차마 용기가 없어 말을 하지는 못했고 그 길을 피해 다른 길로 다니고 있었다. 정말 고향의 냄새, 시골의 냄새를 맡고 싶었지만, 맡기가 고통스러웠다.

내 모습에서 참사제이신 예수님의 향기가 나는지 아니면 거짓 농부의 냄새가 나는지 살펴볼 일이다. 나에게서 예수님의 향기를 맡고자 기대하고 찾아온 많은 신자들에게 똥 범벅이 된 썩은 냄새를 안겨 준다면 내 직무를 다하지 못한 게으른 사제임을 스스로 증명하는 거다. 열심히 지낸다면 분명히 고향의 냄새를 선사할 테지만, 성실하지 못하면 게으름이 부르는 썩은 냄새를 풍기고 있을 것이다. 겁이 난다.

똥은 논밭에서 썩어야 거름이 될 수 있다. 그러나 다른 곳에서 썩고 있으면 오물이 되어 냄새를 풍기며 남에게 피해를 준다. 또한 고향의 냄새는 성실한 농부의 손에서 만들어진다는 것을 명심하면 좋겠다. 나는 우리가 성실한 농부, 진짜 농부가 되기를 희망한다.

국화꽃 사연

어제는 시골집에 가서 부모님을 뵙고 왔다. 동생과 함께 식사를 마치고, 인사를 하고 돌아오는 중에 어머니께서 "신부, 이번에는 잘 키우셔." 하시며 국화 화분 두 개를 주셨다. 작년의 일이 생각난다. 작년에는 화분을 한 개를 주셨는데, 본당 마당에서 키우다 실패를 했다. 국화는 거름이 많아야 하는데, 거름을 제대로 주지 않아 발육상태가 좋지 않았고, 진딧물이 많이 끼어 탐스런 꽃을 피워 내지도 못했다. 거기다가 아이들의 공에 맞아 중상을 입기도 했고, 장난기 많은 아이의 손에 목이 잘려 제기차기에 이용되기도 했다.

그래서 어제는 다짐을 하였다. 올해는 작년처럼 키우지 않겠다고 말이다. 실패한 것은 어머니의 정성과 기대에 보답하지 못한 아쉬움으로 남았고, 내 불성실로 인해 망쳤다는 자책감으로 드러났다. 그래서 올해에는 거름도 많이 주고 지지대도 세우고 진딧물 약도 주며 키웠다. 이번에는 실수 내지 실패를 거듭하지 않고 잘 키우고 싶었다. 국화를 잘 키워서 어머니의 정성에 보답하고 부족한 나의 실수를 만회하고 싶었다.

우리도 살다 보면, 이런저런 실수, 실패를 하며 산다. 실패, 실수에 얽매여 다시 일어나지 못한다면, 그 사람이야말로 실패한 삶을 사는 것이 아닐까 싶다. 그러나 그런 실패가 우리 삶의 전부가 아니라는 것이다. 실패하면 다시 재기하면 된다. 굳게 다짐하며 다시 일어나서 힘차게 살아가면 되는 것이다. 실패한 그 일 자체가 아니라, 실패한 그 일로 인해 다시 일어나지 못하는 나 자신이 실패인 거다. 실패를 거울삼아 노력하고 또 노력한다면, 우리와 함께하시는 주님께서도 우리에게 큰 힘이 되어 주실 것이다. 우리가 비록 실수를 하고 실패를 한다고 하더라도, 주님께서는 보이지 않는 중에도 우리 손을 잡고 우리를 일으켜 주실 거다. 주님의 손길에 민감하며 용기를 내면 좋겠다. '실패는 병가의 상사'라 했다. 힘을 내자. 그리고 다시 시작하자. 다시 시작하는 마음에 박수를 보낸다.

성인 만들기

'어느 수도회에 성인이 한 명 생기면 천 년은 먹고 산다.'는 말이 있다. 듣는 사람에 따라 다르게 해석할 수도 있겠으나, 나는 아주 희망적으로 생각한다. 주님 정신에 따라 열심히 신앙생활을 한 덕분에 성인품에 오른다면, 많은 사람들이 그 성인의 훌륭한 삶을 기릴 것이고 그렇게 되면 그 수도회에 많은 성소자들이 몰릴 것은 당연한 것으로 보인다. 그리고 그 수도회에 많은 돈도 기부하게 될 것이다. 또한 성인이 탄생하기 위해서는 많은 기도와 희생이 필요한데, 그 수도회의 수도자들이 더 열심히 기도하고 그 삶을 기리고자 한다면 그 자체만으로도 수도회의 큰 축복이 될 것이다. 그래서 한 명의 성인이 수도회를 천 년을 먹여 살릴 것이라는 이런 이야기가 생겨난 것 같다. 나는 이 확인되지도 않은 이야기를 어느 정도 믿고 싶다.

엉뚱하지만 나는 '우리 성당에 성인이 한 명 나오면 천 년은 먹고살 수 있겠다.'고 말을 바꾼다. 물론 천 년을 먹고살 돈에 욕심이 있어서 이런 소리를 하는 것이 아니다. 돈이 없어서 무너진 교회는 없다. 그러나 기도가 없는 교회가 여지없이 무너진 경우는 있다. 우리 성당에 성인이 한 분만이라도 탄생한다면, 말씀드린 것처럼, 많은 사람들이 그분의 삶을 기릴 것이고 우리 성당은 순례지가 될 거다. 그리고 성인 탄생을 위해 기도하고 희생을 바칠 것이다. 그러니 우리 성당이 당연히 성화될 거다. 그분이 살던 집은 성지가 되고 우리 성당 또한 순례지가 될 거다. 이런 생각을 하니 어깨가 으쓱거린다.

이런 생각이 엉뚱한 소리에 지나지 않을까? 서로 격려하고 성인되라고 기도해 준다면 얼마나 좋을까? 우리가 성인이 되는 것은 전혀 실현불가능하지 않다. 우리가 지금부터라도 열심히 기도하고 주님을 사랑하기에 앞장선다면 성인이 될 수 있다. 설령 성인이 되지 못한다 해도 주님의 은총으로 천국에서의 삶을 살 수는 있지 않겠는가? 성인을 그리워하는 하루가 지나간다.

얼마나 외로웠을까?

보좌 신부 때 우리 반에서 교리를 배우던 분이 돌아가셨다는 연락을 받고 급히 병원으로 달려갔다. 상황을 어떻게 정리해야 할 줄 몰라 본당 신부님께 연락을 드렸다.

본당 신부님은 이런저런 상황을 들으시더니, "유족들이 함께 한 자리에 있을 때 세례성사를 주라"고 말씀하셨다. 나는 속으로 '돌아가셨다는데 연도를 바쳐드리면 되지 왜 세례를 주라고 하시나?', '성사적으로 맞는 일인가?' 하면서도 신부님께서 말씀하신 대로 세례를 드렸다. 세례를 드리면서 신부님께서 왜 그런 말씀을 하셨는지 알게 되었다.

'요셉'이라고 세례명을 붙여드린 그 형제님은 교리반과 평일 미사에 아주 열심이셨다. 세례식을 얼마 앞두고 사무실에서 야근을 혼자 하는데 평소에 앓고 있던 심장에 이상이 왔던 모양이다. 내 생각이지만, 형제님은 책상 서랍에 있는 약을 찾다가 찾지 못하고 사무실 바닥에 쓰러지신 것 같다. 그리고 너무 고통스러운 나머지 사무실 바닥을 손톱이 빠지도록 긁었다. 세례식 때 손을 보니 형제님의 고통스러워했던 모습이 눈에 선했다. 얼마나 고통스러웠으면 이토록 긁었을까 하는 생각에 세례식에 함께하신 모든 분들이 눈시울을 붉혔다.

본당 신부님은 요셉 형제님이 고통스러워 손가락이 뭉개질 정도로 땅바닥을 긁은 것이겠지만, 하느님을 그리워하는 마음으로 긁었을 수도 있다고 하셨다. 우리는 할 도리를 하고, 나머지는 하느님께 맡겨 드리자는 말씀이었다. 그리고 유족들에게도 세례를 주는 것이 위안이 되지 않겠느냐는 말씀도 하셨다. 성사적으로는 죽은 사람에게 세례를 주는 것이 분명 그릇된 일이지만, 그때 상황에서는 그렇게 하는 것이 신앙적이지 않았나 하는 생각을 해 본다.

아무튼 내가 드리고 싶은 말씀은 그 형제님이 손톱이 빠지고 손가락이 뭉개진 모습이다. 그분이 그렇게 처절하게 몸부림을 쳤던 것처럼 '나도 무엇을 그렇게 간절하게 원하며 몸부림을 쳐 본 적이 있었는가? 내가 손톱이 빠지고 손가락이 뭉그러지면서까지 혼신의 힘을 다해 하느님을 찾고 그리워했는가?'

214

하는 문제로 여러 날 고민을 했다. 그냥 그럭저럭 살아온 시간
과 또 그렇게 살아갈 날이 부끄러웠다.

선물

꽤 오래전의 일이다. 보좌 신부 때 어느 자매님이 봄 남방을 선물로 주셨다. 나는 색상도 무난하고 편해서 감사하는 마음으로 외출할 때 그 옷을 자주 입고 다녔다. 봄이 다 갈 무렵 그 자매님은 여름 남방을 사오셨다. 감사하기는 했지만 약간 부담스러웠다. 거기에 옷도 작아서 입기가 불편했다. 그래서 나는 그 옷을 거의 입지 않고 장롱 속에 넣어 두었다. 이후로는 그 옷을 잊고 지냈다. 그런데 하루는 그 자매님이 전화를 해서 "그 옷을 왜 안 입느냐? 성의를 무시한다. 섭섭하다."는 말을 일방적으로 해댄다. 자매님은 사정을 이야기해도 듣지를 않았다. 순수하고 감사하게 느껴졌던 자매님의 모습이 이제는 불편하게 느껴지기 시작했다. 내가 옷을 입을 때는 활짝 웃고 입지 않을 때는 웃지 않는 모습이 부담스러웠다.

그 자매님은 남방을 선물하고 내 마음을 소유하려는 것 같

216

은 느낌이 들었다. 선물을 주는 마음을 누구나 감사하게 생각하기 마련이다. 그리고 적당한 때에 감사하다는 말로 또는 다른 선물을 통해 그 감사의 마음을 전하게 된다. 선물은 주는 사람의 마음이 담겨 있어야지 선물을 통해 받는 사람의 마음을 소유하려 해서는 안 될 일이다. 감사하는 마음 이외의 것이 담긴 선물은 선물이 아니라 뇌물이 된다. 뇌물이 오가는 마음은 병든 마음이다. 그 자매님도 내 마음을 소유하려 했던 병든 마음이었을 거다. 그 뒤로 자매님이 보이지 않아 걱정을 많이 했다. 내가 옷을 안 입어서 그런지 "아파서 성당에 못 간다."는 말을 들었을 뿐. 건강한 마음이 될 수 있기를 바랄 뿐이다.

국화꽃대

지난봄에 시골집에서 가져온 국화를 정성스럽게 키우고 있다. 작년에 실패한 것을 거울삼아 올해에는 남다른 애정을 가지고 보살폈는데, 작년보다 꽃대가 실해서 은근히 기대감을 가지고 있었다. 하루하루 날이 다르게 자라는 모습이 너무 신기하고 감사해서 국화 앞에서 한참을 쳐다보기도 했다. 그런데 어느 날 아침에 나가 보니, 어떤 누군가에 의해 꽃대가 잘려 버린 것이 눈에 들어왔다. 너무나 속이 상했다. 어떤 녀석인지 혼을 내주겠다고 생각을 했지만, 이미 엎질러진 물인지라 하는 수 없이 다른 씨눈을 찾아서 키우기로 했다. 마침 적당한 씨눈이 있어서 그 씨눈을 키웠다. 아직 이 씨눈을 꽃대라 부르기에는 작고 초라하지만 다시 시작하는 마음으로 꽃대를 키웠다.

너무 늦게 자란 탓에 제대로 꽃을 피울까 하는 걱정을 했지만, 그런대로 잘 크고 있어 다행이었다. 그런데 이 작은 꽃대는

218

얼마 자라지 않았는데도 다른 꽃대처럼 꽃봉오리를 맺고 있는
것이었다. 아주 작고 가느다란 꽃대도 계절을 알고 꽃을 피울
준비를 하고 있었다. 다른 꽃대처럼 크려면 시간이 많이 필요
한데, 시간에 맞춰서 꽃을 준비하고 있는 것처럼 보였다. 비록
작은 꽃대이지만, 계절에 맞게 꽃을 피우려는 국화를 보면서
새로운 사실을 알게 되었다. 어떤 상황이 닥치더라도 제시간에
해야 할 일을 해야 한다는 것을 국화꽃송이를 보면서 배웠다.

　우리의 신앙도 가끔 이런 시련을 겪는다. 내가 뜻하지 않
은 시련을 당할 때, 시련을 핑계 삼아 신앙을 포기하거나 게을
리하는 경우가 종종 있다. 핑계를 댄다고 해도 문제가 해결되
지 않는데도 말이다. 우리가 좋은 상황 속에서 지내지는 못한
다고 하더라도, 어떤 상황에 처해 있든지 간에 정해진 시간 안
에 결실을 맺어야 한다는 것을 알아야 한다. 내가 결실을 맺기
까지 시간이 기다려 주지 않는다. 주님께서 나에게 주신 시간
은 분명 한계가 있다. 작은 국화꽃대도 시간을 알고 작은 꽃봉
오리를 맺는 것처럼 우리도 정해진 시간 안에서 충실한 결실을
맺기 위해 노력을 해야 하겠다.

아들 신부

자금 나에게는 아들 신부가 네 명, 아들 신학생이 두 명 그리고 딸 수녀님이 세 명이 있다. 아들 신부라는 말이 맞는지 모르겠으나, 일반적으로 신학교에 추천해 주신 신부를 아버지 신부라고 부른다. 나의 아들 신부는 어느 본당에 있는데, 나는 아들 신부가 그 본당에서 열심히 살고 있다는 소식을 전해 듣고 있다. 사실 누나가 그 본당에 살고 있기 때문에 소식을 자주 전해 듣는 편이다. 누나와 자형은 보좌 신부가 강론도 열심히 준비하고 고해성사도 열심히 주고 아이들과 청년들과도 잘 지낸다며 칭찬에 입이 마를 지경이다. 나는 내심 좋아라 하면서도 나와의 관계를 밝히지 않았는데, 어디서 알았는지, 다음에 나에게 심문하듯이 물어본다. 그제야 나는 아들 신부라고 밝혔다. 자기 본당의 보좌 신부와 내가 그런 관계인 것을 알고 누나와 자형은 흐뭇한 표정을 짓는다.

나는 아들 신부에게 신학생 때부터 "기도를 즐기고 최선을 다하라."고 주문했었는데, 아들 신부는 신학생 때도 그렇게 살기를 노력하였고, 사제가 되어 더욱 아름답게 살아가려고 노력하였다. 나는 그 모습에 주님께 한없는 감사의 기도를 드리고 싶었다. 열심인 모습은 아니어도 열심히 살아가려는 모습을 보고도 사람들은 감동을 받는 것 같다.

아들 신부가 사제서품을 눈앞에 두고 있을 때, 나는 신학생 때부터 진지하고 열심히 살아가는 아들 신부에게 선물을 하고 싶었다. 그런데 마땅한 선물이 생각이 나질 않았다. 그렇다고 물어볼 수도 없는 일이고, 몇 날을 고민하던 나는 내 기도와 정성이 담긴 것이면 더할 나위 없이 좋겠다는 생각을 하고 내가 지금까지 사용했던 성작과 성반을 아들 신부의 서품 선물로 주기로 작정했다. 그래서 내가 서품 때부터 사용하던 성작과 성반을 주겠노라고 연락을 했다. 아들 신부는 기뻐하며 흔쾌히 받아 주었다. 부족하고 작고 초라하지만, 그동안의 내 기도와 정성을 아들 신부에게 주고 싶었다. 그리고 작은 내 기도와 정성을 계속 이어가기를 희망했다.

둘째는 아직 대학원 1학년생이지만, 사제서품을 받게 된다면, 둘째에게는 제의를 주고 싶다. 사제들이 세상을 떠나면 서품식 때 입었던 제의를 입고 관 속에 들어간다고 한다. 제의는 그만큼 사제들에게 소중한 옷이다. 나는 나의 시간과 기도와 사랑을 둘째 아들에게 주고 싶다. 약간의 아쉬움도 남지만 아들 신부가 잘 살 수 있다면 주어도 하나도 아깝지 않을 것 같다.

이제 셋째가 생겼으니 무엇을 주면 좋을까? 줄 게 없다. 돈을 줄까? 책을 줄까? 옷을 사 줄까? 그것은 내가 아니어도 다 해결될 문제들이다. 신앙을 주고 사랑을 주는 것이 내 몫이 아닐까? 오늘은 부족하지만, 잘 살아주기를 기도할 뿐이다.

따뜻한 사람이고 싶다

그전에는 그러지 않았는데, 요즘은 가끔 연속극을 보거나 TV에 감동적인 장면이 나오면 나도 모르게 눈물을 흘리며 훌쩍거릴 때가 있다. 감정이 풍부해진 것인가? 아니면 철이 들어서서 그런가? 혼자 주책을 떤다는 생각도 해 보지만, 나도 잘 모르겠다. 아무튼 감정에 솔직해지고 싶은 생각이 든다.

얼마 전에 집에 갔을 때, 늦둥이 조카 도원이가 울기에 달래느라 애를 태운 적이 있다. 배가 고파서 그러는지, 아파서 또는 무서워서 그러는지, 엄마가 없어서 그러는지 몰라도 아무튼 서럽게 울고 있었다. 우는 아이를 보면서, 나는 어른이 되어서 그렇게 울어 본 적이 있나 하고 돌아보았다. 내 감정에 솔직해 본 적이 별로 없는 것 같다. 어떤 경우는 체면 때문에 속상한 것도 말없이 참아야 했고, 때로는 직책 때문에 불편해도 안 그런 척했어야 했다. 속이 상하거나 아파도 분위기 때문에 점잖은 척

했어야 했다. 어른이라는 이유로 그리하지 못하고 산 날이 많았다. 적어도 아이들은 자기감정에 솔직하고 뒤끝이 없지 않는가? 반면에 우리는 얼마나 아닌 척하면서 살았고 힘들어했는가? 내가 평소에 고민했던 것들을 아기가 알아차리고 문제를 다 풀어 준 것 같아서 고맙고 감사한 생각이 든다.

예수님 앞에서도 우리가 해 왔던 것처럼 그렇게 할 수 있나? 그토록 그리워했던 예수님을 만나고서도 기쁘지도 않은 척, 모르는 척할 수 있겠는가? 그러지 말아야 한다. 예수님 앞에서는 어린아이처럼 되어야 할 텐데. 다윗이 성령에 취해 옷을 다 벗고 발가숭이로 춤을 추며 하느님을 찬양했던 모습이 떠오른다. 다윗처럼 그렇게 신앙을 하고 싶다. 낯을 가리는 신앙 말고 마음에서 우러나오는 신앙을 하고 싶다.

삶에서도, 신앙에서도 솔직한 모습으로 했으면 하는 생각이 든다. 예수님처럼 가난한 사람을 만나면 다 주어도 아깝지 않은 신앙을 배우고 싶다. 눈치를 보고 체면을 생각해야 하는 그런 신앙 말고 예수님께서 하셨던 것처럼 자연스러운 신앙을 배우고 싶다. 막달레나를 만나서도 눈치를 보지 않고 항상 누이처럼 대하셨던 그런 따뜻한 사람이고 싶다. 따뜻한 가슴의 사람이고 싶다.

"주님, 오늘을 따뜻한 사람으로 살고 싶습니다. 주님의 따뜻한 모습을 배우고 싶습니다. 그리고 어린아이처럼 솔직하고 순수한 마음으로 살고 싶습니다. 예수님의 사랑 앞에 조용히 앉아서 그런 제가 되기를 바라는 부족한 저를 생각해 주십시오."

영양실조

요즘 아이들을 보면 '바쁘다'를 입에 달고 사는 나보다 더 바쁘게 지내는 것 같다. 유치원에 다니는 아이들부터 속셈학원, 미술학원, 피아노학원, 웅변학원, 태권도학원에 다니기 시작해서, 초등학생들은 영어학원은 물론 선행학습까지 하고 있다. 중·고등학생들은 더 말할 것도 없다. 밤늦게 축 처져서 집으로 돌아가는 모습을 보면 안쓰럽기까지 하다. 내 조카들이나 성당 아이들도 예외는 아니다. 아이들은 아무리 힘들고 바빠도 학원에 빠지면 큰일이 나는 줄 알고 있다. 그런데 학교나 학원 때문에 성당에 빠지게 되면 많은 부모님들은 관대해진다. 아마도 성당에 다니는 것보다는 학원에 다니는 것, 공부를 더 잘하는 것을 더 중요하게 여겨서 그럴 거다. 이것은 부모님들의 일방적인 생각이 아닐까 싶다. 우리 아이들에게 균형 있는 교육은 무엇일까?

내가 잘 아는 어떤 아이는 키도 크고 체중도 적당한데 영양실조에 걸렸다고 한다. 제대로 먹지 못해서가 아니라 좋아하는 것만을 골라 먹다 보니 다른 영양소가 결핍되어 영양불균형 상태에서 오는 영양실조라고 한다. 우리 아이들이 신앙의 영양실조에 걸려 있지나 않은지 부모로서 살펴볼 일이다. 균형 잡힌 식생활, 조화로운 교육이 절실하게 느껴지는 시절이다.

우리 어른들도 마찬가지다. 신앙의 영양실조에 걸려 있지나 않은지? 직장, 건강, 경제적인 문제, 친목회, 친구, 상가 방문, 취미, 잠에 밀려 영양실조에 걸린 것이 아닌지 살펴보면 좋겠다. 아무리 바빠도 게을리해서는 안 되는 것들이 있다. 당연히 해야 하는 것들이 있다. 바쁘고 힘들어도 먹어야 하듯이, 아무리 바쁘고 힘들어도 신앙 또한 당연히 해야 하는 것이다. 다른 것에 성공했어도 신앙에 실패한다면 분명 영양실조에 걸린 삶을 살고 있는 것이다. 나는 균형 있는 삶을 살고 있는지 돌아본다.

신자이시네요?

나는 일이 있어 서울에 갈 때는 주로 전철을 타고 간다. 물론 서울지리에 밝지 못해서 그렇기도 하지만, 전철을 타면 사람 냄새를 느낄 수 있어서 전철을 고집한다. 목적지가 어디든지 전철을 타면 묵주를 꺼내 조용히 묵주기도를 바친다. 한참을 기도하다 보면 앞자리의 할머니가 묵주기도 하는 모습이 눈에 들어온다. 얼마나 보기 좋고 기분이 좋은지 모른다. 나는 이것 때문에 서울에 갈 때 전철 타는 것을 좋아한다.

다행히 자리가 여유가 있어 묵주기도를 하는 할머니 옆에 앉게 되면 더없이 행복해진다. 할머니는 내 손에 들린 묵주를 보시고 "젊은이도 성당에 다니슈?" "어느 성당에 다니슈?" 하신다. 이런저런 이야기를 나누기 시작하는데, 할머니는 느닷없이 "젊은이, 혹시 사제님이 아닌가요?" 하신다. "할머니, 아닙니다. 제가 그렇게 보이시나요?" 하면서 대책도 없는 거짓말을 나도 모르게 하고 만다. 할머니는 당신의 예감이 틀린 것에 실망하는 것 같은 표정으로 갸우뚱하시면서 기도를 계속하신다. 한참 기도를 하시다 "젊은이, 아무래도 사제님 같아요." 하신다. 이쯤 되면 나도 "어느 성당 신부예요" 하고 자수하게 된다. 할머니는 흐뭇해하시면서 "건강하게 지내시라."는 인사를 건네시며 자리를 떠나신다.

할머니의 예리한 관찰력에 탄복하며 나에게서 신부 티가 나는지 정말 궁금해진다. 할머니는 내가 묵주기도를 하는 것을 보시고 신부인 것을 아셨겠지만, 묵주기도를 하지 않을 때도 신부 티가 날까 하는 생각도 해 본다. 정말이지 어느 때라도 항상 신부 티가 났으면 좋겠다. 신부 티는 누가 내 주는 것이 아니라, 신부답게 산 보답으로 주님께서 주시는 거다. 신부 티가 나고 신자 티가 나기를 바라는 것이 인간적인 나의 욕심일까?

침묵

누구나 한 번쯤은 나와 같은 경험을 한 적이 있을 거다. 모임에서 할 말을 준비하지 못한 상태에서 말을 하다가 말문이 막혀서 당황하거나, 잘 알지도 못하면서 아는 척을 하면서 자신도 이해하지 못하는 말을 한 적도 있을 거다. 무슨 도움의 말을 해 주어야 한다는 강박 속에서 내 주관대로 주절대다가 상대방의 마음을 더 아프고 헷갈리게 만든 일도 있었을 거다. 그리고 화가 나고 속상하다고 해서 내 방식대로 퍼붓다가 내가 잘못 알고 그랬다는 것을 깨닫고 이내 '참을걸' 하는 후회를 한 적도 여러 번 있었을 거다.

말을 하지 않았다면 중간이라도 갔을 텐데 하는 후회가 크다. 그냥 모른다고 할걸, 짧게 이야기할걸, 그냥 속으로 기도를 하고 있을걸, 조금만 참을걸 하는 후회를 해 본들 아무 소용이 없다. 초라하고 못난 나의 모습만이 내 주변에 널려 있는 것을 보고 반성의 길로 들어선다. 말을 잘못해서 본전도 못 찾은 경우가 나에게는 많이 있었다. 침묵을 지키면서 중간이라도 할걸 하는 생각이 간절하다.

말을 많이 해야 하는 상황에서 말을 잘 하기가 쉽지 않다. 내 말이 아닌 주님께서 입에 담아 주시는 것만 말하자. 주님께서 원하시는 말만 하자는 다짐을 해왔어도 쉽지가 않다. 집회서의 "대답할 줄 몰라서 침묵을 지키는 자가 있는가 하면, 말할 때를 알고 있어서 침묵을 지키는 이가 있다."라는 말씀이 새삼 가슴에 사무치게 다가온다. 답을 알지 못해서 침묵을 지키고, 답을 찾느라고 침묵을 지키고, 답을 알지만 때를 기다리느라 침묵을 지키는 경우도 있다. 그리고 나는 나를 위해 기도해 주느라 할 말도 아껴가면서까지 침묵을 지키는 사람이 있다는 것을 안 것은 얼마 되지 않는다. 경우에 따라서 침묵을 지키는 것이 정답일 때가 있다. 침묵하면서 기도하는 것이 도피적인 방법이 아니라 내가 할 수 있는 유일하고 적극적인 방법이라는 것을 뒤늦게 깨닫게 된다.

나의 경우 말을 많이 해 왔지만, 말이 되지 않는 말도 많았고, 남에게 아픔을 주는 말도 많았다. 기도 없이 하는 말도 있었다. 부끄럽지만, 이제는 주님의 말씀만 내 입에 담기를 바라며 기도한다. 그래야 내 말이 어디에선가 쓰임이 있을 거다.

나의 자화상

부끄러운 나의 모습을 자아비판 하고자 한다. 기도하지 않는 신부의 자화상을 그려 보고자 한다.

내 수첩을 보면 일정이 빡빡하게 짜여 있어서 하루 일과가 무척이나 여유가 없어 보인다. 어떤 때는 아침부터 저녁때까지 아니 늦은 밤까지 말 그대로 정신없이 지낼 때가 있다. 나름대로 바쁘게 지내는 것이 내심 열심인 신부의 모습이라고 생각하며 자기만족과 함께 교만에 빠지기도 했다.

어느 때부터인가 성당에서 기도를 하면서도 일 걱정을 하게 되고, 무언가 불안정해 보이고, 무엇엔가 쫓기는 듯한 느낌이 자꾸 밀려온다. 뭔가 잘못되고 있다는 생각이 자꾸만 든다. 까탈스러운 사람을 보게 되면 속으로 불만을 토로하며 투정의 마음을 지니게 된다. 주님께 모든 것을 맡겨 드리지 못하고 내가 하려는 잘못된 시작이었다. 물론 본당의 일이란 것이 사목적인 필요와 판단에 의해서 시작하는 것이겠지만, 그 일을 기도를 통해 성령과 함께하고, 신자들과 함께하는 일이어야 하는 것을 잘 알면서도 편협한 내 생각이 그 일을 빈번하게 간섭하게 만든다. 이럴 때는 항상 불안하고 걱정에 싸여 그 일을 보게 되고, 또 그런 마음으로 일을 하게 된다. 그러니 자연히 일을 통해 분심이 들게 되고, 서로의 뜻이 맞지 않아 아픔을 주게된다.

이런 나의 자화상은 일그러져 있게 마련이고 찡그린 모습일 수밖에 없다. 내가 보아도 민망한 그림이 아닐 수가 없다. 그래서 그림을 다시 그리기로 했다. '내가 무엇을 위해 일을 하고 있나? 그 일을 주님께 맡겨 드릴 수 없나? 기도로 함께할 수 없나?' 하는 반성과 함께 새롭게 시작하기를 다짐한다.

지금도 본당에서는 많은 일을 하고 있다. 나뿐만 아니라, 전 교우가 힘을 모아도 부담이 될 지경이다. 해서 못난 본당 신부의 일그러진 자화상을 여러분들이 힘을 모아 바로 그려 주시기를 부탁드린다. 본당의 일이 나 혼자만의 일이라는 말씀을 드리는 것이 아니다. 내 자화상이 본당을 나타낸다는 말씀도 아니다. 부족한 내가 사심을 갖지 않고 오직 주님의 영광을 위해 그리고 본당의 발전을 위해 올바른 자세로 임할 수 있도록 바로잡아 달라는 부탁이다. 내가 그린 자화상은 언제나 주님 마음에 들까?

다르다는 이유

언젠가 놀이터에서 어린아이들이 노는 모습을 보았다. 나이가 비슷한 아이들이기는 했지만, 한 아이가 "나랑 놀래?" 하니까, 다른 아이는 "그래." 하며 별다른 이야기 없이 모래장난을 하며 놀기 시작했다. 너무 신기하고 놀라웠다. '만일 어른들끼리라면 이 아이들처럼 단순하게 놀 수 있을까?' 하는 생각이 들었다. 아이들에게는 조건도 나이도 문제가 되질 않나 보다. 우리는 종종 나와 다른 생각이나 환경, 모습을 지닌 사람들에 대해 이질감을 지니고 산다. 반면 나와 같은 생각을 가지고 있고, 나와 비슷한 환경과 모습을 하고 있으면 그와 동질감을 느끼고, 그와 같이 지내고 싶어 하는 마음을 가지고 살게 마련이다.

다만 나와 다르다는 이유로 너와 나를 구분하고, 배척하고 심지어 그를 단죄하는 모습이라면 너무 세속적인 일이 아닐 수 없다. 다른 것이 모여 조화를 이룬다면 얼마나 아름다운 모습일까? 주님께서도 성격도 다르고 배움도 다르고 출신도, 외모도 다른 사람들을 모아 당신의 제자로 삼으셨다. 우리 성당을 보아도 마찬가지다. 나이도, 성격도, 직업도, 학업도, 성별도, 생김도 모두 다른 사람들이 모였지만, 한 교회 공동체를 이루고 있는 것이 아름답기만 하다.

서로 다르다고 불일치를 생각해서는 안 된다. 오히려 다름을 통해 우리는 대화와 타협을 통하여 일치와 보완 그리고 공존하는 법을 배워야 한다. 성당의 모자이크가 그러하다. 그리고 성가대의 합창소리가 그러하다. 성가대에서는 다른 소리를 모아 아름다운 찬미의 노래를 만들어 낸다. 이것이 다름의 은총이 아닐까?

분명 다른 것이 모여 조화를 이루게 된다면 아름다움을 만들어 낸다. 나와 다른 것은 있을 수 있는 일이라는 것을 인정해야 한다. 서로 합일점을 찾기 위해 노력해야 하고, 서로 조화를 이룬다면 서로를 보완해 주게 마련이다. 이제는 다르다는 것을 통해 불일치를 생각하기보다는 새로운 아름다움을 만들어 가야 할 때다. 다르다는 것은 서로 보완하고 협력하고 노력하라는 주님의 숨은 뜻이다.

아홉수 넘기기

작은아버지는 내가 군대에서 제대하던 해에, 49세의 비교적 젊은 연세에 지병으로 돌아가셨다. 그때는 작은아버지의 연세가 적지 않다고 생각했었는데, 내가 그 나이가 되니 참 일찍 돌아가셨다는 생각이 든다. 당시 사촌들은 아직 중고등학교 학생들이었으니 작은아버지의 가시는 길도 편치 않으셨을 거다. 또 작은어머니는 당신에게 돌아갈 삶의 무게가 적잖이 무거우셨을 거다. 작은어머니는 모든 것을 당신 삶의 한 부분으로 담담히 받아들이신 것 같다.

나는 작년 한 해 동안 열심히 병원에 들락날락거렸다. 특히 작년 말은 참 길고 힘들게 느껴졌다. 성당에 와서 지금까지 지내온 시간이 2~3개월을 지낸 느낌밖에 없을 정도로 바쁘고 빠르게 지나갔는데, 특히 작년은 몇 년처럼 길게만 느껴졌다. 몸고생과 마음고생이 함께 겹쳐서 그런 것 같다. 아무튼 병원신세를 지다 보니 나도 은근히 건강에 신경을 쓰게 되고 점점 자신이 없어지는 것을 느끼게 된다. 주님께서 주신 육신을 잘 관리하지 못한 탓일 거다.

어른들은 아홉수를 잘 넘겨야 한다고 말씀을 하시는데, 아홉이라는 숫자는 열이라는 숫자를 눈앞에 두고 있어, 열이라는 큰 변화 내지 전환기에 철저하게 대비하라는 뜻이 담겨 있다고 한다. 물론 전통적으로 우리 민족은 아홉이라는 숫자를 택일하거나 작명하는 데에 미신적으로도 많이 사용해 온 것이 사실이지만, 그렇다고 미신적으로 해석하고 싶은 생각도 없고 해서도 안 된다는 것을 미리 말씀드린다.

나도 아홉수에 해당되니 더 조심하고 열심히 지내야 하겠다. 새해에는 특히 건강하고 성덕의 길로 나아갈 수 있기를 희망한다. 이제 새해가 밝았다. 하지만 밝게 떠오른 태양만큼이나 우리 마음은 밝지 못해 안타깝다. 오래전부터 지속된 경기침체로 온 세계가 경제침체의 늪에 빠져 힘들어하고 있다. 특히 우리나라는 그 정도가 더 심해 국민 모두가 심한 경제적 고통을 겪고 있다. 그래도 그런 가운데 희망을 잃지 않아야 하겠다. 각자 희망을 갖는 것도 어려움을 이겨 내는 한 방법이 되리라 믿는다. 그리고 주님께 기도하며 의지하는 모습 속에 힘들고 어려운 상황을 잘 극복할 수 있도록 모두 힘과 용기를 내고 희망을 가지기를 바란다.

각자 새해의 소망은 무엇인가? 나의 소망과 사랑하는 가족들의 소망이 주님의 은총 속에 밝은 미소가 될 수 있기를 마음을 모아 기도한다. 힘들었던 작년의 기억을 떨쳐내고 우리의 작은 소망이 주님 품 안에서 이루어지기를 빈다. 힘내서 다시 시작해 보자. 모든 분들이 하시는 일에 주님의 은총이 함께하시고 건강하시고 행복하시기를 마음 모아 주님께 빌고 또 빈다.

위령성월에 부쳐

우리 본당에서는 초상이 나면 연도를 열심히 바친다. 다른 본당과 비교해 보더라도 많은 분들이 초상집에 가는 편이다. 아무리 먼 곳이라도 가서 연도하는 모습이 너무 아름답고 감동스러울 때가 있다. 물론 나도 초상이 나면 연도를 바치러 가는 것을 원칙으로 세우고 있다. 본당 신부가 가기 때문에 신자분들도 많이 가신다고 생각하겠지만, 그분들은 원래 열심인 분들이다. 본인들의 선업을 쌓기 위해 가시거나 유족과의 친분관계 때문에 가시기도 하겠지만, 그보다는 먼저 가신 영혼을 위해 기도하는 마음이 앞선다고 본다. 얼마나 아름답고 보람된 일인가?

그런데 개중에는 문상객들이 불편해한다거나 시끄럽다는 이유로 유족인 자녀들이 장례미사를 거부하기도 하고 연도를 바치지도 못하게 하는 경우가 있다. 신자이든 아니든 간에 돌아가신 부모님이 좋은 곳에 가시기를 기도한다는데 그 의미를 알지 못하고 막는 거로 보인다. 더욱이 고인을 제대로 뵙지도 못한 사람들이 와서 기도를 해 준다는데, 문상에 방해된다는 이유만으로 거절을 하고 있으니 답답하기까지 하다. 물론 신자가 아니거나 그 의미를 모르는 사람들은 그런 이야기를 할 수 있다. 돌아가신 분을 생각한다면 그렇게 쌍심지를 켜고 반대할 일은 아닌 것 같다.

또 본당에서는 위령성월에 교회 묘원에 가서 해마다 몇 차례씩 위령미사를 봉헌한다. 차량이 부족해 걱정할 만큼 열심히 위령미사를 드린다. 이제는 다른 본당에서도 소식을 듣고 많은 분들이 오신다. 나는 많은 분들의 기도가 연옥 영혼들에게 위안이 된다고 믿는다. 또한 주님께서는 이분들의 기도를 기쁘게 들어 주시리라 믿는다. 돌아가신 분을 기억하며 연도를 바치고 미사를 봉헌하는 것이 그분들에 대한 사랑의 표현이다. 그래서 돌아가신 분들은 우리들의 연도를 기다리고 계신다고 한다. 우리는 우리보다 먼저 가신 분들 특별히 부모님, 형제, 친척, 친구, 이웃을 기억하며 기도하기를 경주해야 한다.

그리고 연세가 어떻게 되든 나보다 먼저 돌아가신 분을 기억하며 연도를 바치고 미사를 드리는 것은 돌아가신 영혼을 위

해서뿐만 아니라, 남아 있는 우리에게도 큰 위안이 된다. 우리
도 좋은 죽음을 맞기 위해 자신을 성찰하고 주님 뜻에 맞는 삶
을 준비할 수 있기에 우리에게도 도움이 된다. 올 위령성월에는
마음을 모아 돌아가신 영혼들을 위해 기도를 바치자.

칭찬 한마디

어릴 때 가장 듣기 싫었던 말이 "얻어왔다.", "못생겼다."라는 말
이었다. 유난히 나를 제일 많이 놀렸던 사람은 작은 삼촌이었
다. 그래서 삼촌이 나타나면 이불장 속에 들어가 문을 닫고 삼
촌이 갈 때까지 나오지 않았던 적이 여러 번 있었다. 아무튼 나
를 심하게 놀리는 삼촌이 싫었고, 나도 삼촌만 보면 삼촌을 놀
려 줄 기회를 엿보기 시작했고 삼촌의 비리를 살피기 시작했다.
삼촌과 코드가 전혀 맞지 않았던 것이다. 물론 지금은 그렇게
하지 않지만, 그때는 삼촌이 나의 유일하고 강력한 적이었다.
삼촌의 일방적이고도 근거 없는 놀림은 어린 나의 가슴에 상처
를 주고 말았다.

영국 격언에 '사람은 칭찬하는 대로 된다.'는 말이 있다. 칭찬
은 어린이들을 긍정적인 사고를 가진 사람으로 키운다. 아이들
을 잘못한다고 심하게 야단을 치면 주눅이 들어 잘하던 것까

지도 제대로 해 내지 못하는 경우가 많다. 그리고 못하는 아이들에게도 잘하는 것을 칭찬해 주면 잘하는 것은 더 잘하게 되고, 심지어 잘하지 못하는 것까지도 용기를 내어 잘하게 된다. 이런 경우는 어른들도 마찬가지다. 어른이 되어서도 못한다고 계속 야단을 맞는다면 그 일이 부담이 되고 이런저런 눈치를 보게 되어 일을 그르치고 말 것이다. 잘못한 것은 잘못한 것이니 다음에 잘하면 되는 것이 아닐까? 물론 일이 엉망이 되어 속이 상하겠지만.

나도 칭찬을 잘하는 편은 아니다. 잘하면 마음속으로 잘한다고 할 뿐, 겉으로는 자주 칭찬하지 못한다. 칭찬하는 것이 쑥스럽게 느껴지기 때문이다. 그러나 칭찬을 아끼지 말아야 한다. 칭찬을 하는 사람도 받는 사람도 모두 기분이 좋으니까 말이다. 그리고 칭찬이 우리를 변화시키니까 말이다. 작은 칭찬이 우리의 삶을 바꾼다. 나의 칭찬을 기다리는 사람은 누구일까?

추울 때 에어컨

얼마 전에 중국에 여행을 다녀왔다. 장해도 신부님이 고향에 가는 길이라 같이 동행하게 되었다. 나는 부모님을 모시고 가는 입장이라 음식과 잠자리, 여행코스 등을 불편하지 않게 해 드리려고 애를 쓰며 지냈다. 그런데 아무리 애를 써도 되지 않는 것이 있었다. 추위 문제였다.

　호텔에 여장을 풀고 "방이 추우니 따뜻하게 해 달라."고 카운터에 연락을 했더니, 종업원이 와서 에어컨을 켜 놓고 가면서 "다 되었다."라고 말을 하는 것이었다. 추운 겨울에 에어컨을 켜 놓다니 말도 안 된다고 생각을 했다. 희한한 일이었다. 그때 실외 온도와 실내 온도가 똑같이 영상 4°C로 잠을 자기에는 무척 추웠다. 종업원은 날씨가 추우니까 에어컨을 켤 수밖에 없다는 것이었다. 그러면서 종업원은 에어컨의 온도를 영상 10°C로 맞춰 놓고 나가는 것이었다. 에어컨이 작동되면서 실내 공기보다 따뜻한 바람이 나오더니 한참 만에 온도가 5°C 가 되는 것이었다. 추우면 히터를 트는 우리네 상식으로는 이 해가 되지 않았지만, 그들의 입장에서 보면 이해가 되는 일이었 다. 그런 일이 바로 내 눈앞에서 일어난 것이다. 세상에는 우리 경험을 뛰어넘는 일도 많은 것 같다.

이 일을 통해서 세상에는 우리가 경험하지 못한 것도 많고, 우리의 상식을 뛰어넘는 것도 많다는 것을 새삼스럽게 느꼈다. 내가 눈으로 보지 못하고, 듣지 못하고, 느끼지 못하기 때문에 받아들일 수 없다는 것은 너무 편협한 것이 아닐까? 나만의 생 각에 사로잡혀 다른 사람의 생각이나 조건을 받아들이거나 이 해해 주지 못하는 것은 스스로를 작은 감옥에 가두는 것과 다 르지 않을 것이다. 감각적인 세계를 넘어 다른 세계가 존재한 다는 것을 우리는 생각해야 한다. 특히 사후의 문제가 그렇다. 세상 누구도 체험하지 못한 것을 믿기란 그렇게 쉽지 않다. 그 러나 우리 믿음대로 우리가 알지 못하는 세계가 존재한다는 것을 믿으며 살 때 우리는 삶을 좀 더 풍요롭고 아름답게 살 수 있을 거다. 내가 경험하지 못한 것을 겪으면서 나는 조금 더 작아졌다.

이름과 직위

어느 본당에 부임한 지 며칠이 안 되어서의 일이었다. 본당 신부가 교만하다, 사람을 알아보지 못한다는 이야기가 들려왔다. 아직 교우 여러분들이 누가 누구인지 제대로 알지 못하는 분위기인지라 당혹스러웠다. 사건의 전말은 이랬다. 본당 분위기도 생소하고, 사람들도 아직 모르는 상태여서 내가 어느 분에게 "형제님!"이라고 불렀다. 그 형제님은 오래전에 본당 회장님을 지내신 분인데, 내가 '회장님'이라고 불러드리지 못한 것이 그렇게 섭섭하고 괘씸했더란다. 그래서 사람들에게 괘씸하다, 불쾌하다, 교만하다는 불만을 털어놓게 되었고, 성당에 안 다니겠다고 했다고 한다. 그러던 중에 내가 그 이야기를 듣게 되었다. 그래서 나는 그냥 웃고 말았다. 그러고는 며칠 있다가 본당 회장님과 수녀님과 함께 그분을 찾아가서 "몰라뵀다. 죄송하다."고 사과를 했다. 그제야 그분은 분이 삭으셨는지 본당미사에 나가겠다고 했다.

나도 반성을 했다. 누가 신부 대접을 해 주지 않으면 섭섭해 하고, 삐치고 그러지는 않았는지 말이다. 신부라는 명칭에 얽매이지 않고 그 명칭에 합당한 봉사와 책무를 다하고 있는지 돌아본다. 사복을 하고 밖에 나가 보면 나에게 신부라고 부르는 사람은 없다. 그때는 섭섭하지 않은데, 성당에서는 섭섭함의 기미가 보이는지 모르겠다. 신부란 신부의 삶을 철저하게 살라고 붙여 준 것인데 나는 다르게 받아들인 것 같다.

　우리도 반성을 해야 한다. 누가 내 직책을 불러 주지 않고 이름을 부른다면, 그분처럼 섭섭하다 하지는 않았는지 말이다. 직책이 나를 대변해 주지는 않는다. 직책이 나는 아니다. 그 일을 통해서 주님께 봉사하라고 부르신 것을 망각해서는 안 되겠다. 우리가 받은 직은 봉사의 직이지, 다스리고 군림하는 자리가 아니라는 것이다. 나의 본 모습을 어디에서 찾을까?

지는 것이 이기는 것이다

올림픽을 하면 우리나라는 몇 개의 금메달을 따냐, 금메달을 딴 선수에게 얼마의 포상금을 주느냐 하는 소리를 듣게 된다. 물론 열심히 노력한 선수에게 보상하는 것은 당연하다. 그러나 나는 이렇게 메달을 딴 선수들에게만 축하의 박수를 쳐 주는 것이 아니라 메달을 따지 못한 선수들에게도 위로의 박수를 쳐 주는 기회를 갖는 것은 어떨까 하는 제안을 하고 싶다. 경기에서 선수들이 끝까지 최선을 다했다면 메달을 따지 못했다 해도 우리는 그 선수들에게도 위로의 박수를 쳐 주어야 한다. 그래야 1등과 꼴찌가 어우러져 사는 건강한 사회가 될 것이다.

이왕 말이 나온 김에 한마디 더 하고 싶다. 어느 올림픽에선가 심판 판정에 불복하여 선수가 심판에게 폭력을 행사한 일, 메달을 반납하고 퇴장하는 선수의 모습을 방송을 통해 본 적이 있다. 경기에서는 승패가 가려지게 마련이지만, 매번 이길 수는 없고, 이기는 선수가 있으면 지는 선수가 있게 마련이다. 그렇다면 우리는 지더라도 멋지게 지는 법을 배우는 것도 필요하겠다.

세상은 1등만을 원하고 1등만이 살아남는다고 가르치고 강조하는 것이 우리 현실인데, 교회는 자꾸만 아이들한테 지라고 한다. 특히 주님께서는 우리에게 섬기는 자가 되라, 원수를 사랑하라고 하시니 세상의 가르침과는 너무 다르다. 주님께서 세상물정을 너무 모르셔서 그러시나 보다. 그렇게 하다가 이 험한 세상을 어떻게 살아갈지 걱정이다. 하지만 이런 정글의 법칙을 이길 수 있는 것이 예수님의 법칙이라는 것을 우리는 알아야 할 것이다.

학교에서, 학원에서, 가정에서도 모두 1등 하는 법만 가르친다. 1등만 하다 보니 2등을 했을 때 그 기분을 제어하지 못하고 분노하는 아이들이 생기게 마련이다. 2등 하는 법을 배우지 못했으니 당연한 일일 것이다. 또한 우리는 우리 아이들을 이기기만 하는 전사로 키우고 있다. 이런 우리 아이들은 놀이에서도 지면 안 되는 줄 안다. 그리고 우리 아이들은 사람을 죽이는 게임을 하며 자라 왔다. 그러다가 상대방을 사랑해야 할 사람이 아니고 죽여야 할, 이겨야 할 적으로 생각하는 것이 아닐까 하는 걱정이 앞선다. 죽이지 않고는 도통 게임이 되지 않으니, 이런 환경에서 자란 우리 아이들은 뒤틀린 심사를 지니고 살아갈 수밖에 없게 되었다. 그러나 멋지게 지는 법을 가르쳐야 한다. 예수님의 세상살이를 배워야 한다. 져도 함께 살아가는 방법을 가르치고 배워야 한다. 지는 것이 이기는 것이라는 돌아가신 할머니 말씀이 생각난다. 밖에서 싸우고 집에 들어가면 매번 알지 못할 말씀을 하신 할머니 말씀을 이제 알 것 같다. 그렇다. 지는 것이 지는 것이 아니었다. 지는 것이 이기는 것이고 더 지혜로운 방법이었다.

빈자리

어제는 늦둥이를 출산한 제수가 아프다는 소식을 듣고 시골집에 가서 병자성사를 드렸다. 늦은 나이에 아기를 갖는 것에 대해 주위의 격려와 염려가 심했다. 그러나 동생 부부는 주님의 축복이라 생각하고 기도하며 10개월을 보냈다. 그런데 아기는 제달을 다 채우지 못하고 20여 일을 빨리 태어났다고 한다. 무척이나 세상 구경이 하고 싶었던 모양이다. 지금은 인큐베이터 속에서 세상 적응을 해 나가고 있다.

본론으로 돌아가자. 어머니를 모시고 동생 집에 가는 동안에 어머니는 봉투를 하나 주시면서 올해 고등학교에 입학하는 조카에게 선물로 주라고 하셨다. 조카가 고등학교에 입학한다는 것을 알았지만, 그날따라 정신없이 뛰어다니다 보니 제대로 기억을 하지 못했다. 내가 챙기지 못한 것을 어머니께서 대신 채워주신 것이다. 죄송하면서도 감사했다.

누군가가 나의 부족함을 채워 준다면 그 마음은 사랑의 마음일 거다. 내가 아플 때, 힘들어하고 지쳐 있을 때, 괴로워할 때 누가 옆에 있어 주기만 해도 말할 수 없이 감사하기만 한데, 나의 빈자리를 채워 주는 것은 더 큰 은총으로 기억을 하게 될 가다. 다른 사람의 빈자리를 채워 주지 못하는 이유를 "나도 먹고살기 빠듯해서.", "상황이 좋지 못해서.", "바빠서.", "그 사람이 미워서." 등으로 말한다면, 관심과 사랑이 없음을 고백하는 말이 된다.

진정으로 누군가의 빈자리를 채워 주는 것은 상대방을 사랑하고 있다는 표현이다. 우리는 예수님과 성모님의 모습에서 서로 채워 주시는 것을 본다. 부부 간에, 형제 간에, 이웃 간에, 교우들 간에 그리고 잘 알지 못하는 사람들을 위해 빈자리를 채워 주도록 노력하자. 그 빈자리에 내가 있을 테니 말이다.

제4장

사진 속의 나

나의 효도

얼마 전에 휴가를 다녀왔다. 계속해서 건강이 좋지 않아 어딘가에 가서 며칠 푹 쉬고 싶은 생각이 들었다. 보좌 신부님에게 양해를 구하고 장소를 물색하기 시작하였는데, 마땅한 거처가 없었다. 적당하게 머물 곳이 없어 곤란을 겪고 있을 때, 막냇동생과 누나가 다행히 콘도를 예약해 주었다. 그런데 누나는 부모님을 모시고 갔으면 하는 눈치였다. 나는 하는 수 없이 모시고 가기로 결심을 했고, 이내 부모님께 같이 가시겠는지를 전화로 여쭈었다. 바빠서 못 가신다는 대답을 기대하면서 말이다. 두 분이 다 가신단다. 마음에 조바심이 일었다. 쉬고 싶어서 휴가를 냈는데, 내 입장을 고려하지 않는 것 같아 누나의 눈치 없는 행동이 야속했다. 집에 가서 부모님을 모시고 강원도로 향했다. 피곤한 몸을 이끌고 운전하느라 힘들었다. 이젠 별다른 방법이 없기에 편한 마음으로 모셔야 한다는 다짐을 하기에 이르렀다.

많이 다니지는 못했지만, 몇 군데를 다니는 동안에, 어머니께서는 "신부, 고마워. 신부 덕분에 강원도에 처음 와 보고 그리고 막국수와 물회, 곰치국도 처음 먹어 보네. 이렇게 좋은 곳에 와서 잠도 자고 맑은 공기를 마실 수 있어서 정말 좋아. 정말 고마워요." 하신다. 부끄러웠다. 내 몸이 힘들다는 이유로 속으로 투정하며 운전을 했던 것이 죄송스러웠다. 사실 나는 신부가 되고서 두세 번 정도 강원도에 왔었기에 더욱 할 말이 없었다. 시골에서 농사만 짓고 사셨던 부모님들이 언제 편한 마음으로 이런 곳에 오셨을까 싶은 생각에 마음이 아려왔다. 누나의 철없는 행동은 나에 대한 가르침이었고 지혜였다. 나를 살리는 누나의 배려였다.

나는 내가 찾아가고 싶은 때에 부모님을 찾아가면 되었고, 부모님은 나의 시간에 시간을 맞추어 나를 기다리시면 되었다. 내가 어디를 가자고 하면, 부모님은 내 뜻에 따르기만 하시면 되었다. 또 내가 음식점을 정하면 부모님은 그저 맛있게 잡수시기만 하면 되었다. 이것이 나의 효도였다. 그런데 효도가 아니었다. 아이러니다. 내 뜻에 부모님의 뜻을 맞추려고 한 강제였고 압박이었다. 그러면서도 나는 효도를 했다는 마음으로 뿌듯해하고 흐뭇하게 생각하며 살아왔다. 부모님께 대한 효도를 나에게 진심 어린 마음으로 알려 주려 했던 누나의 행동도 내 식으로 해석했기에 내가 어리석었다. 이제 말하고 싶다. 지금까지 부모님에게 해 드린 것이 내가 하고 싶은 대로 한 것인지, 부모님께서 원하시고 바라시는 것인지를 살펴야 한다고. 한다고 한 것이 부모님들께 불편을 끼쳐 드릴 수 있음을 반성해야 한다고.

그런데 부모님들은 나의 이런 일방적인 모습에 대해서도 아무런 말씀을 하지 않으시고 그저 웃으시면서 받아 주셨으니 내가 얼마나 더 배워야 하는지를 알게 해 주셨다. 진정 부모님을 위한 효도는 어떤 것일까?

정말 모르겠네

여름방학만 되면 모든 성당에서는 캠프 때문에 시끌벅적하다. 우리 성당에서도 올 여름방학에 초등부, 중고등부, 복사단, 청년 캠프 등을 치른다. 아이들이 캠프를 떠나면 아이들로 북적대던 성당이 순식간에 조용해진다. 물론 본당 신부인 나는 미사 중에 우리 아이들 안전을 위해서 기도해 달라고 근심 어린 표정으로 어른들께 부탁하지만, 한편으로는 아이들이 없어서 편안하다는 생각도 든다. 나만 그런가? 어떤 엄마들은 아이들이 없어서 후련하다는 얘기를 한다. 물론 아이들이 미워서 그러는 것이 아니라는 것을 잘 안다. 아이들이 무사히 캠프를 잘 마칠 수 있을까 하는 걱정이 앞서면서도 한편으로 후련하다는 엄마의 마음을 이해할 수 있을 것 같다. 아무튼 이율배반적인 생각이 드는 것은 왜일까?

시부모님과 같이 사는 며느리의 경우도 마찬가지다. 시어머니가 잠깐 이웃집에 가시기라도 한다면 낮잠 한숨 잘 수 있어서 마음이 편해진다. 더욱이 어쩌다 일 년에 한 번씩이라도 시어머니께서 외출을 하시거나 멀리 떨어져 사는 딸네 집에 며칠 다니러 가신다면 왠지 보너스를 탄 것같이 기분이 상쾌해진다. 홀가분한 생각이 들고 콧노래가 절로 나온다. 시어머니 이불 홑청도 뜯어서 말끔하게 빨래한다. 미워하는 사이도 아니고 매일 다투며 사는 사이도 아닌데 왜 어른이 안 계시면 이렇게 편한 마음이 드는지 쉽게 설명할 수 없다. 미워하는 사이가 아니어도, 다퉈서 어색한 사이가 아니어도 그렇다. 시어머니와 며느리가 사이좋게 한 집에서 20~30년을 같이 살아도 이런 현상은 있게 마련이다. 그렇다면 겉모습만 평화롭고 속마음은 딴 마음이어서 그런지 나는 도대체 모르겠다. 도대체 왜 그럴까?

얼마 전에 휴가를 갔을 때, 내가 시간을 정해서 미사를 드릴 수도 있고 기도도 편하게 할 수 있어 좋았다. 성당을 떠나면 편한 생각이 드는데 왜일까? 성당을 떠나면 왜 그렇게 홀가분할까? 그렇다면 성당이 나에게 굴레가 된 것인가? 또 사제직이 나에게 굴레가 된 것은 아닐까? 서품식 때에는 더 철저한 삶을 살기를 희망하며 주님의 제단에 엎드려 봉헌했던 내가 아니던가? 성당을 떠나 휴가를 가면 왜 그렇게 시원하고 편한 마음이 드는지 나는 도대체 모르겠다. 도대체 왜 그럴까?

가끔 일상을 떠나 편안하게 지내면서 자신을 돌아보는 시간이 필요해서 그런 것이 아닐까 싶다. 이런 표현으로 아이러니를 해결할 수 있을지 모르겠다. 생각이 많다. 쉽게 대답하기에 어려움이 있다는 것을 안다. 그렇지만 이런 것이 우리의 현실이다. 가끔 일상을 떠나 새로움을 찾아 나서는 것이 좋지 않을까? 그것이 휴가이든 피정이든 간에 육적, 영적 힘을 얻는 새로운 출발이면 좋겠다.

애인구함

시외버스를 타고 통학했던 사람이라면 누구나 흔히 보았을 일이다. 버스 앞좌석 커버에 '애인구함'이란 말과 함께 그 사람의 전화번호, 나이, 사는 동네, 구하는 애인의 성향 등을 자세히 적어 둔 것 말이다. 내 친구 중에도 그런 친구가 있었다. 어떤 의도로 그리했는지는 모르지만, 내 친구는 앞 동네에 사는 어떤 여학생의 신상을 비교적 소상하게 적어서 장난 삼아 버스 좌석 커버에 '애인구함' 하고 공개해 버린 것이다. 요즘 같으면 인터넷에 올린 것이다. 해도 너무 했다. 이것이 발단이 되어 그 여학생은 고개를 들고 다니지 못할 정도로 마음고생을 했다고 한다. 나중에 내 친구는 그 여학생과 부모님에게 불려가 혼이 났다고 한다.

나도 버스 좌석 커버에라도 '애인구함' 하고 써 놓고 싶은 심정일 때가 있다. 본당에 왔을 때, 아주 열심히 신앙생활을 했던 분들이 눈에 들어왔다. 평일 미사에도 꾸준히 참례하고, 여러 봉사에도 빠지지 않고 참석하였기에, 나는 그분들을 보며 '주님, 저런 분을 봉사자로 보내 주셔서 감사합니다.' '진정한 신앙인이라면 저런 모습이어야 하지 않을까요?' 하며 기대감을 갖곤 하였다. 열심인 분들이 옆에 계신다는 것이 본당 신부들에게 큰 힘이 되고 위안이 된다. 또한 큰 축복이기도 하다.

어느 본당에서든지 주임신부가 새로 부임하면 본당이 무척 활기차게 돌아간다고 한다. 새로 온 본당 신부로 인해 새로운 시작이 된다는 것은 고무적인 일이다. 그런데 문제는 그 새로운 바람이 이내 그치고 만다는 것이다. 나는 처음에 열심히 노력했던 그분들을 찾고 싶다. 할 수만 있다면, 버스 좌석 커버에 '애인구함' 하고 써서라도 그분들의 열심인 모습을 다시 찾고 싶은 마음이 간절하다.

며칠 전, 병원에서 퇴원해 보니, 성당 마당의 벚꽃이 만발해 보기에 좋았다. 그러다 비 한 번 오니까 이내 꽃잎이 떨어져 버렸다. 유난히 벚꽃은 다른 꽃보다 한꺼번에 확 피어나고 한꺼번에 지는 특성이 있기는 하지만, 금방 피었다가 금방 지고 마는 것이 왠지 아쉽기만 하다. 헛열심인 내 신앙과 이리도 같을까 하는 생각을 해 본다. 천천히 달궈져도 쉬 식지 않는 뚝배기 같은 신앙이 그립다. 한꺼번에 달아올랐다가 한순간에 사라지는 사쿠라 같은 신앙은 별로다.

쉼터

나는 새벽기도에 나가기 위해 매일 잠을 자기 전에 알람을 맞춰 놓는다. 보통은 알람 소리를 듣고 일어나지만, 어떤 때는 성당 마당에서 울어대는 새들의 노랫소리를 듣고 일어난다. 새들의 노랫소리가 아름다워 커튼을 살짝 열고 밖을 내다보면, 새들이 나무를 벗 삼아 이리저리 날아다니며 신나게 놀고 있다. 참새가 대부분이고 더러는 이름 모를 새들도 있다. 성당 마당이 새들의 놀이터가 된 것 같아서 기분이 좋아진다.

성당 마당에 나무가 많아서 새들이 놀러 오는 것이겠다. 새들이 성당에 올 만하니까 오는 거다. 올 수 없는 곳이라면 오라고 해도 오질 않을 거다. 우리 성당 마당이 겨자씨가 자라나 큰 나무가 되어 많은 새들이 날아와 깃들이는 곳이다 싶어 마음이 흐뭇해진다. 우리 성당, 나의 믿음, 나의 성품도 쉼터가 되면 좋겠다.

가난한 사람을 두고 '바늘 꽂을 땅뙈기조차 없는 처지다.'라고 하듯이, 나의 경우도 마음에 여유가 없을 때, 화가 나거나 미움에 사로잡혀 있을 때는 아주 작은 것도 받아들이지 못하는 초라함 속에 갇힐 때가 있다. 그럴 때마다 새들의 노랫소리가 나를 훈계해 준다. 나무 사이를 날아다니며 노는 새들이 나를 반성하게 한다. 그런 나의 옹졸함이 나를 찾아오는 새들을 내쫓고 마는 것과 비슷하게 느껴진다.

오늘은 성당 마당의 나무에서 새들이 마음껏 날아다니듯, 성당에 많은 사람들이 찾아와 여유를 찾고 신앙을 찾았으면 좋겠다. 그리고 나를 통해서도 주님의 편안함을 느끼는 쉼터가 되면 좋겠다. 참새가 편안하게 놀 듯이 말이다.

돌 틈 사이에 은총이

사제관 앞에 있는 성가정상 아래 돌 틈에서 작은 채송화 한 송이가 꽃을 예쁘게 피워 냈다. 봄부터 돌 틈에 작은 싹이 자라고 있어서 뽑아 버릴까 하다가 이것도 생명이다 싶어 그냥 두고 눈여겨보았더니 그것이 이렇게 예쁜 채송화가 되었다. 만일 봄에 무심코 새싹을 뽑아냈다면 이렇게 예쁜 채송화와 함께 돌 틈에 함께하고 계신 주님의 은총을 보지 못했을 거다. 그래서 나는 아침마다 이 작은 꽃을 보면서 하느님께 감사를 드린다.

물기가 없는 아주 열악한 곳에 뿌리를 내리고 온 정성과 힘을 다해 살고 있는 채송화는 내게 주님의 말씀을 전해 준다. 또한 전혀 상상하지 못한 곳에서 생명을 유지하고 있는 채송화는 내게 감사의 마음을 불러일으킨다. 이 채송화는 아마도 작년 여름 아니면 가을부터 그곳에 자리 잡고 있었을 거다. 누가 그곳에 씨를 뿌렸는지, 바람결에 날아와 그곳에 자리를 잡았는지는 모르겠지만, 물기도 부족하고 비좁은 돌 틈이 채송화의 보금자리가 된 거다. 그래도 애한테는 그곳이 자기 삶의 자리이기에, 뿌리를 내리고 있는 돌 틈에 대해 감사하고 있을지도 모른다.

물이 없는 삶이 고통스러워 밤을 새우며 스스로의 눈물로 물기 삼아 자라고 있는 채송화는 힘들다고 투덜대는 나를 돌아보게 한다. 채송화는 아이들이 뿌리는 물 한 모금에 만족했을지도 모른다. 여름날 비 한 자락에 목을 축이고 다시 생을 열심히 살아냈을지도 모른다. 장맛비에는 뿌리가 쓸려나가지 않도록 밤새 애를 쓰며 버텨 냈을지도 모른다. 이런 채송화가 나를 부끄럽게 만든다. 여건이 불편하다고, 나를 알아주지 않는다고 투덜거리고 못마땅하게 생각했던 나에게 채송화는 나의 잘못을 깨닫게 해 주는 나의 작은 선생님이 되었다.

채송화는 물 한 모금을 아주 간절한 마음으로 기다렸을 거다. 채송화는 정말 한 모금의 물에 감사하고 또 감사했을 거다. 돌 틈에서 꽃을 피워 낸 채송화는 일상에 대해 감사하지 못했던 나에게 감사의 정을 불러일으키고 있다. 채송화에 비하면 나는 감사드릴 일이 정말 많다. 그런데도 감사의 마음을 갖지 못했으니 내가 잘못 산 것이 분명하다. 주님께서는 나를 깨닫

게 하시려고 작년 여름부터 작은 채송화를 나의 선생님으로 정
하셨나 보다.

주님 앞에서

오래전에 어느 신문 칼럼에서 읽은 글이다. 유럽 사람들은 직
장에 다니는 첫 번째 이유로 '즐기기 위해서'를 꼽고 있다고 한
다. 이 사람들은 한 해 동안 열심히 일해서 가족들 또는 연인과
다른 나라의 휴양지로 몇 달씩 휴가를 떠나기 위해서 직장을
다니며 돈을 번다고 한다. 우리와 비교해서 생각해 보면, 너무
나 큰 차이가 있는 것을 알 수 있다. 우리 국민의 대다수는 아
마도 먹고살기 위해서를 돈을 버는 목적의 첫 번째 이유로 꼽
지 않을까 싶다. 국민 모두가 먹고살기 위해서 치열하게 살아
왔는지도 모르겠다.

  아무튼 우리는 경제적인 이유를 들어 앞만 보고 달려 온 것
이 사실이기도 하다. 먹고살기 위해, 아이들을 학교에 보내기
위해, 집을 장만하기 위해, 빚진 돈을 갚기 위해 숨을 제대로 쉴
여유도 없이 바쁘게 살아왔다. 이제는 숨을 돌리면서 돈을 왜

버는지, 왜 사는지, 왜 신앙생활을 하는지 우리들의 모습을 깊이 생각해 보아야 하겠다. 어떤 아빠들은 지친 모습으로 내가 왜 사는지 모르겠다고 하시며 자신의 한탄을 털어놓는 분도 있다.

이런 분들에게는 왜 이렇게 정신없이 바쁘고 힘든지, 왜 이렇게 살아야 하는지 모를 때 일과를 마치고 조용한 자신을 돌아보는 시간을 갖기를 권한다. 가능하다면 아무도 없는 조용한 성당에서 주님 앞에서 자신을 돌아보는 시간을 가져 보시기 바란다. 어떤 분들은 이런 소리를 팔자 좋은 소리라고 흉볼지도 모르겠다. 그러나 그런 분들에게 권고가 아니라 애원하고 싶은 마음으로 말씀드린다. 하지만 이럴 때일수록 더 자신을 돌아보아야 한다. 주님 앞에 나서면 적어도 어떻게 살아야 하는지를 알 수 있다. 그리고 위로와 용기를 얻을 수 있다. 그런 우리를 주님께서 도와주실 것이 분명하다.

사진 속의 나

가끔 빛이 바랜 옛적 사진을 꺼내 본다. 사진 속의 얼굴을 보면서 그리움에 젖어든다. 전에 있던 본당의 식구들과 그전에 만났던 사람들의 얼굴이 떠오르고, 그분들과 함께했던 일들이 기억 속에 되살아난다. 여러 사진 중에서 한 사진이 눈에 들어온다. 고등학교 때 시골 친구들과 바닷가로 놀러 갔을 때 찍었던 사진이다. 오랫동안 기억을 더듬어야 생각이 나는 친구가 나를 기다리고 있었다. 잊고 산 것이 그 친구에게 미안하기만 하다.

그리고 사진 속에는 낯선 사람이 여럿 있었다. 정말 모르는 사람들이다. 분명 친구는 아니고, 어떤 아저씨가 반바지 차림으로 지나가다가 찍힌 모양이다. 그 사람은 내가 알지도 못하는데, 내 사진 속에서 30년을 나와 함께하고 있었다. 나는 그 사람을 몰랐고 알려고도 하지 않았는데도, 아무 말 없이 나와 함께했으니 죄송한 생각도 든다. 그 사람이 얼마나 섭섭해했을까 하는 생각마저 든다. 내 사진 속에는 그런 사람이 꽤나 많다. 그래서 많이 죄송하다.

그렇지만 내가 그들을 알아주지 않아도 그들은 그들로서 어디엔가 살아 있을 것이며 또한 그들의 소중한 몫을 해 내며 살아가고 있을 거라 믿는다. 내 기억에 희미한 흔적조차 없어도 분명 존경받고 사랑받는 사람일 것이다. 단지 나와 만나지 못했을 뿐이다.

나도 다른 사람들의 사진 속에서 그런 삶을 조용히 살고 있었겠지 하는 생각도 든다. 내 사진 속의 사람들처럼, 나도 그들에게 아무 의미 없는 사람이었을지도 모른다. 의미 없이 지나가다가 또는 등을 보인 모습으로, 히죽 웃는 모습으로 그들의 사진에 찍혔을 수도 있다.

내가 알지 못했거나 무관심하게 대했던 사람들은 내 관심 밖에 있었지만, 그 사람들도 주님의 사람으로 한 몫을 살아낸 사람들일 거다. 이제 눈을 넓혀야 할 시간이다. 내가 모르는 사람, 관심 없어 했던 사람들도 다 주님의 사람들이었다. 그들은 나와 같은 생각, 시간과 장소 속에 머물지 않았을 뿐이다.

한 끼 식사

나는 어릴 때부터 그 가난한 사람들이 먹는 한 끼의 식사나 부자가 먹는 한 끼의 식사는 다를 바가 없다는 생각을 했다. 물론 한 끼 식사의 가격은 다를 수 있고, 음식의 종류는 다를 수 있겠지만, 부자가 먹는 음식이나 가난한 사람이 먹는 음식은 한 끼의 식사라는 점에서는 같다고 생각했다. 그 생각은 지금도 변함이 없다.

먹는 음식이 그 사람의 인격이나 지위를 나타내는 것이 되어서는 안 된다. 그렇게 되면 부수적인 것들이 우리를 결정지으려 할 것이다. 우리가 무엇을 먹든 단지 감사하는 마음으로 먹어야 하는 것을 잊고 산다면, 먹는 것이 우리의 인격이나 지위를 나타내려고 달려들 것이 분명하다.

감사하는 마음이 없이 음식을 먹는다면 임금이 먹는 음식은 단지 임금의 지위를 결정지으려 할 것이고, 임금도 자신이 먹는 음식을 다른 사람이 먹으면 다른 사람을 단죄하려 들 것이다. 반대로 감사하는 마음으로 음식을 먹는다면, 아무리 가난한 사람이 먹는 초라한 음식이라 할지라도, 그 음식은 사람을 살리고 또한 다른 사람들을 살린다는 것을 배우게 될 것이다. 무엇을 먹는가가 중요한 것이 아니라 어떻게 먹느냐가 중요하다. 나누고 감사하는 마음속에 하느님께서는 생명을 숨겨 두셨다. 무엇을 먹을까를 고민하기보다 어떻게 먹을까를 고민하는 우리가 되어야 하지 않을까?

기러기

한겨울의 저녁 하늘을 아름답게 장식하며 날아가는 기러기 떼가 눈에 들어온다. 보기 힘든 아주 멋들어진 저녁 하늘이다. 특이하게도 기러기는 오랫동안 조련을 받은 듯 V자로 북쪽 하늘을 향해 날아간다.

기러기가 이렇게 V자 모양으로 날아가는 데는 아주 특별한 이유가 있다고 한다. 기러기는 보통 수천 킬로미터의 비행을 해야 하기 때문에 체력을 적절하게 안배해야 한다고 한다. 맨 앞에서 나는 기러기가 날갯짓을 하면 양력(뜨게 하는 힘)이 발생하는데, 뒤에서 나는 기러기는 이 양력에 의해 힘을 저축하여 71%나 더 멀리 날 수 있다는 것이다. 또 맨 앞의 기러기가 힘을 내라고 뒤에서 나는 기러기들은 울음소리를 낸다고 한다. 기러기들만의 지혜로운 비행법이다.

또 기러기 떼가 비행을 하다가 지쳐서 제대로 날지 못하는 동료 기러기가 있으면 떼어 놓고 가지 않고 적당한 곳에서 날개를 접고 동료가 힘을 되찾을 때까지 같이 쉬고 먹이를 먹는다고 한다. 그래서 지친 동료가 생기를 되찾아 비행할 만하면 다시 모든 기러기 무리가 힘차게 비행을 시작한다고 한다. 이런 기러기들의 모습을 보면서 공동체의 사랑이 무엇인지 조금은 알 것 같다.

요즘 시대를 사는 우리네 같으면 쉽게 해 내지 못할 시대착오적인 모습이 아닐까 하는 생각이 든다. 우리들은 누구 때문에 단체가 뒤처지고, 일을 제대로 해 내지 못했다면 우리는 그 사람을 왕따시키고 공동체에서 배척시키려 했을지도 모른다. 아무튼 기러기를 보면서 나는 지금 어떤 모습인가 하고 나의 삶에 대해서 돌이켜보게 된다. 말이 많고 행동을 함부로 하는 사람을 보면 부담스럽고 함께하고 싶지 않은 생각도 들지만, 그런 마음을 포기하고 만다. 또 주님께서 모든 사람을 사랑하시고자 하셨던 모습을 생각하면서 그런 마음을 접는다.

자연과 함께 살아가는 기러기들의 모습 속에서 주님의 숨은 모습을 찾았다. 오늘은 기러기들이 내 스승이 되었다. 주님이 기러기의 모습으로 나를 찾아오셨다. 너무 기분 좋은 저녁을 맞는다. 기러기에게 한 수 배웠다. 기분 좋다.

못난 신부

지난 주일 교중미사 이후, 계속 눈에 밟히는 사람이 있었다. 미사 후에 신자분들과 인사를 나누며 성물 축복도 하고 인부도 물으며 있었는데, 어느 자매님이 남편으로 보이는 형제님과 함께 오셔서 "신부님, 안수 좀 해 주세요." 하셨다. 나는 한창 인사 중이어서 "잠시만 기다려 주세요." 하며 형제님 얼굴을 보니 병색이 있어 보였다. 인사를 하면서 '저 형제님에게 안수를 해 드리는 것이 순서일 것 같다.'는 생각을 해 보았지만, 이미 그분들은 다른 곳으로 가고 안 계셨다. 인사를 마치고 나서 형제님과 자매님을 찾으니 집에 가셨는지 도대체 찾을 수가 없었다. 하는 수 없이 일정에 따라 사목회의에 참석하였고 이어 혼인면담을 하였다. 그러는 중에 내내 마음이 많이 불편했다. 그분들에게 죄송한 생각이 머리에서 떠나지 않았다. 인사를 먼저 하는 것이 순서인 것처럼 생각을 했었지만, 일의 순서가 잘못되었던 것이다.

그분들은 어렵게 용기를 내서 다가와 안수를 청했건만, 나는 내 입장에서만 생각을 했던 것이다. 그래서 그분들에게 보이지 않는 상처를 주고 말았다는 생각이 떠나지 않았다. '얼마나 아쉬움이 크셨을까?', '얼마나 실망하셨을까?' 하는 생각이 자꾸만 든다. 나는 정말 못났는가 보다. 인사는 다음에 해도 되는 것을. 그분들의 아픈 마음을 전혀 헤아리지 못했으니 말이다. 인사가 중요한지, 사람이 중요한지를 깊이 생각하지 못한 탓이다. 그분들을 만나면 먼저 사과를 해야겠다. 정말 죄송했다고 머리를 숙이면서 말이다. 나에게 중요한 것이 무엇인지 몰랐던 내가 밉다.

그런 걸 가지고 뭘!

가끔 본당에서 면담을 하다 보면 속에 담아 둔 것이 너무 무겁고 힘에 겹고 고통스러워 만신창이가 된 영혼을 보게 된다. 너무 지쳐 있어 어딘지 모르게 삶까지 포기할 것 같은 모습을 보이기까지 한다. 나는 그분을 보면서 '이분에게는 아마 주님의 사랑이 절실하게 필요할 수도 있다.'고 생각한 적도 있다. 그런 마음의 고생을 훌훌 털어놓고 새롭게 출발하는 분들도 있고, 어떤 분들은 마음의 짐이 무슨 보물이나 되는 것처럼 가슴에 꼭꼭 싸매 두고 고통스럽게 사는 분들도 있다. 이제는 다 털어내고 새롭게 시작할 때가 되었다. 털어내면 새털처럼 가벼운데 말이다.

어느 본당의 판공성사 때 어느 학생이 고해실로 들어와서 "신부님, 이건 비밀이라 신부님한테 절대로 말 못해요." 한다. 어린아이라 그랬겠지만, 그래서는 안 되는 것이다. 성사의 은총을 제대로 알지 못해 그런 것이었다고 생각하지만, 지은 죄를 홀홀 벗고 나면 얼마나 시원한데, 그것을 모르니 그럴 게다.

나는 보속을 '하늘에 계신'이나, '은총이 가득하신' 정도로 비교적 가볍게 준다. 어떤 분은 내 보속은 너무 싸다고 우스갯소리를 한다. 각자가 지은 죄에 비해 너무 가벼운 것 아닌가 할 정도로 쉽다. 물론 보속은 지은 죄에 비례해서 주게 마련인데, 이미 주님께서 내가 지은 죄를 갚기 위해 보속을 다 하셨으니, 비교적 무겁지 않고 주고 싶은 게 내 생각이다. 죄를 짓고 방황하는 그런 나를 위해 주님께서 죽으신 것이 아닌가? 내가 짊어져야 할 십자가를 대신해서 지고 죽음의 길로 향해 가시지 않았던가? 그런데도 나는 아직 두려워하고 있다. 그런 내가 초라해진다. 황량한 겨울 들판에 홀로 버려진 것 같은 느낌이다. 그런데 초라하고 비참한 나의 모습은 내가 그렇게 만들어 가고 있었다. 누구든지 죄를 짓고 편한 사람은 없다. 그런데 우리는 주님께서 계시기에 위안을 받는다. 주님과 함께한다는 것이 이렇게 큰 은총인 줄 미처 몰랐다.

이제 고해성사 시즌이다. 나는 물론이고 가족, 형제, 이웃에게도 거듭남의 은총을 나누기를 바란다. 고해실에서 사제가 기다리지만, 정작 주님께서 기다리고 계심을 잊지 말자. 이왕에 지은 죄를 훌훌 벗어버리고 새롭게 나가자. 죄에 억눌려 스스로 힘들게 지내지 말자. 그래서 주님은 그 보완장치를 다 해 두시지 않았는가? 쑥스러움도 고해비밀에 대한 두려움도 인간적인 번뇌도 다 내려놓자. 거기에는 오직 주님만이 기다리고 계신다. 그전부터 계셨는데, 이제야 고해실에서 그분을 뵙는다. 얼마나 다행인가? 오늘은 깨끗하게 영신의 목욕을 하고 푹 잘 거다. 그리고 내일 아침 눈을 뜰 때 온 세상이 새롭게 보이는 은총을 입을 거다. 내 영혼이 주님을 마음껏 찬미하고 있음을 느껴 보자. 무엇을 망설이는가? 옷이 더러우면 빨래를 해서 깨끗하고 입고 있거늘. 영신의 사정이 무엇 하나 다르지 않거늘. 주님께서 이러실 것 같다. "애야, 뭘 그런 걸 가지고 걱정을 하고 있니? 속 시원하게 털어버리렴. 김 신부한테 가 봐. 잘 해 줄 거야."

은총 많이 받고 와

어느 본당에서 판공성사를 줄 때의 일이다. 50대 중반의 어머니와 같이 온 아들이 먼저 고해실에 들어왔다. 그런데 청년이 고해실로 들어온 후에 바로 뒤에서 "○○야, 은총 많이 받고 와." 하는 소리가 들렸다. 나는 이 청년의 엄마의 목소리라고 생각했다. 두 가지 생각이 내 머리를 스치고 지나갔다. 하나는 엄마가 고해성사를 통해서 은총을 얻고 있다는 것을 알고 계셨다는 것이고, 다른 하나는 주님께서 주시는 무한한 은총에 아들을 초대하고 있다는 것이다. 나는 감사하고 행복했다. 사제가 된 지 얼마되지 않지만, 이렇게 고해성사의 은총을 깊이 알고 그 은총에 사랑하는 아들도 함께하기를 바라는 마음은 처음이다. 본당에서 아무리 고해성사를 보라고 애원하다시피 해도 어떤 때는 공염불에 지나지 않을 때도 있었건만, 이 일은 내게 신선한 충격이었다. 이것이 바로 엄마의 사랑이며 엄마가 자녀를 위해 줄 수 있는 아름다움이 아닌가? 올해는 고해성사를 주면서 성사의 은총을 내가 이렇게 입고 있구나 하는 생각에 절로 신명나는 성탄이 되고 있다.

새해가 시작된 지도 며칠이 지났다. 새해를 이런 마음으로 지내기를 바란다. 이와 같은 마음으로 서로에게 사랑을 나눠 주는 가족이 된다면 그 가정은 더없이 행복한 마음으로 새해 를 출발하고 있을 것이라는 생각이 든다. 이 사랑의 마음에 무 엇이 더 필요할까? 주님의 은총으로 초대하고 축복하는 부모 님의 마음을 다 알 수는 없겠지만, 그 청년은 무척이나 행복한 사람일 거다. 부러운 생각이 든다, 청년처럼 나도 행복할 것이 라는 생각으로 내 마음은 설렌다. 정말 누군지 모르지만, 한 번 만나 보고 싶다는 생각이 굴뚝같다.

그렇다. 우리의 부모님은 이토록 우리 자녀들을 사랑으로 초대하고 계셨다. 내가 비록 부모님의 사랑을 깨닫지 못하고 방황하고 있을 때라도 항상 그러셨다. 엄마가 깨달은 것을 사 랑하는 자녀에게 남겨주는 모습이 너무 눈에 선하다. 아마도 그 청년은 엄마의 사랑을 듬뿍 먹고 자라는 사람일 것이다. 그 래서 청년은 너무 행복할 것 같다. 그리고 항상 그런 신앙을 남 겨 주신 엄마께 감사를 드리며 살 것 같다.

무엇보다 자녀들에게 남겨 줄 것은 다름 아닌 신앙이 우선이어야 하지 않을까? 물론 현실적으로 건강이나 재산을 최우선 과제로 꼽는 분도 계시겠지만, 신앙 안에서 건강이나 재산도 해결될 수 있기에 나는 신앙을 유산으로 물려주기를 모든 분에게 권한다. 재산만 물려주고 신앙을 물려주지 않는다면, 재산이 신앙을 다치게 할 가능성이 있다. 재산이 신앙을 지켜주지 못한다는 것을 우리는 너무나 많이 보아 왔기 때문에 신앙을 먼저 물려주어야 하지 않을까?

부부의 사랑법

내가 오래전부터 잘 알고 지내던 안드레아, 사비나 부부의 이야기다. 회사에 다니던 형제님은 오래전에 과로로 쓰러져, 반신불수 상태에서 산재 판정을 받고 지금까지 아내인 사비나 자매님의 도움을 받으며 지내고 있다. 자매님도 어릴 적에 앓은 소아마비 때문에 거동이 불편한데도 항상 웃는 모습으로 남편의 손발이 되어 주고 있다. 자매님 가정을 방문한 사람들은 한결같이 "어쩌면 저렇게 힘든 기색 없이 지낼 수 있을까? 저렇게 헌신적일 수 있을까?"라고 말하며 부부의 아름답게 살아가는 모습을 칭찬하기에 바쁘다. 또한 두 딸인 정연이와 지인이의 수고도 남다르다. 구김 없이 자란 것도 감사할 일인데, 몸이 아파 고생하시는 엄마 아빠를 위해 지극정성이다. 온 가족이 아빠의 사고로 인해 다시 한 번 사랑으로 하나가 되는 은총 속에서 살아가고 있는 것을 볼 수 있다.

전혀 행복할 것 같지 않은 가족이 이제는 행복하게 살아가는 방법을 배운 것 같아 나도 덩달아 행복해진다. 자매님은 어린 자녀들과 함께 살림을 꾸려 가야 했으니 얼마나 고생이 심했겠는가? 힘에 겨워 숱하게 눈물로 밤을 지내며 주님께 간절한 기도를 바치며 지내야만 했을 것이다. 그러면서도 남들에게는 "제가 원래 웃음이 많아서 그래요."라고 둘러대지만 그 속을 누가 알 수 있단 말인가? 베갯잇을 적시기를 수도 없이 했었을 텐데 말이다.

또 안드레아 형제님은 "신부님, 다 잃었다고 생각하고, 다 포기한다고 생각하니까 모든 것이 내 안에 있다는 것이 눈에 보이는 겁니다. 그전에는 그것을 알지 못했습니다." 하신다. 이제 형제님은 어떤 상황에서도 사랑하고 행복하게 살아가는 법을 터득하신 것이다. 이제 형제님에게는 모든 것이 다 은총이고 행복이다. 정말 이 부부는 하느님께서 내신 천생연분이다.

얼마 전에 새로운 집으로 이사를 하게 되었다고 하시며 내게 축복식을 청하셨다. 나는 기쁜 마음으로 응했고, 정말 주님께 감사의 기도를 드렸다. 그런데 가는 날이 장날이라 아파트의 엘리베이터 수리를 하는 날이라 23층까지 걸어가느라 힘이 들었지만, 한 계단씩 오르면서 나는 그 집에 축복에 축복을 얹으며 걸었다.

이제는 부부가 자녀들과 함께 주님께 감사하며 살아간다. 몸이 아파 20년이 넘게 누워 있어도 감사할 줄 아는 은총을 받았다. 물론 지금도 거동이 불편하고 힘든 것은 마찬가지다. 수발 들기에도 너무 고생스럽다. 하지만 안드레아, 사비아 부부는 행복해지는 방법을 고통을 통해서 체득했다. 고통 속에서도 주님을 끊임없이 찾았고, 주님께 의지했다. 남몰래 흘린 눈물이 묵주기도가 되어 주님께 봉헌되고 있음을 나는 안다.

흘린 눈물만큼이나 온 가족이 묵주기도를 했을 텐데, 주님께서는 부부가 흘린 눈물만큼이나 당신의 사랑을 이 가정에 풍성하게 베풀어 주신 것이다. 축복식을 마치고 돌아오는 나의 발걸음이 너무 가벼웠다. 나에게는 잊지 못할 감사하고 행복한 하루였다.

우리 이혼합시다

얼마 전에 공소시절부터 잘 알고 지내던 분의 따님 혼인미사를 주례하러 친정 본당에 다녀왔다. 본당을 짓고 처음으로 치러지는 혼인미사라 다들 축하하는 모습이 아름답게 느껴졌다. 혼인미사를 마치고 성당 이곳저곳을 둘러보았는데, 성당 규모는 그리 크지 않고 아담했지만, 아름답고 우아하게 지어진 성당이었다. 본당 신부님을 비롯한 모든 교우들의 정성이 눈에 보였다. 어느 본당이나 마찬가지겠지만, 성전을 지을 때 본당의 모든 교우들의 기도와 정성을 모아야 주님께 봉헌할 수 있다.

문득 몇 년 전의 일이 생각났다. 부모님은 별다른 수입이 없으니 본당 신축 기금을 마련하기 위해서 생고추를 말려 고춧가루로 만들어 팔아서 기금을 마련하고자 하셨다. 내가 보기에도 고춧가루를 만들어 판매하는 일이 부모님께서 하실 수 있는 유일한 방법이었다. 문제는 고추가 장마철 즈음에 나온다는 것이다. 장마철에 고추를 말리기가 그리 만만치 않음을 다들 잘 알고 계실 것이다. 장마통에 고추를 잘못 말리면 고추가 무르게 되어 다 버리고 만다. 하는 수 없이 어머니는 보일러를 가동시키고 고추를 거실과 각 방마다 널어 놓으셨다. 장마기간이라 습도가 높아 눅눅한 상태다 보니 안 그래도 끈적거리는데, 거기에 보일러까지 켜 놓았으니 아버지의 고충은 이만저만이 아니셨다. 아버지께서는 며칠 참으시더니 도저히 안 되시겠던지 "우리 이혼합시다." 하시면서 역정을 내셨단다. 아버지는 성전 신축 기금을 마련하기 위해 고추를 말리는 것은 좋지만, 너무 더워서 잠을 잘 수가 없으니 이건 해도 너무한 것이 아닌가? 라는 뜻으로 "우리 이혼합시다." 하고 어머니께 항의를 하신 것이다.

성당의 벽돌이 한 장 한 장 쌓여 가는 것을 보는 본당 교우들의 마음은 어떠셨을까? 각 본당마다 이런 과정을 거쳐 본당을 지었을 것이고, 주님께 봉헌되었을 것이다. 고춧가루만 봉헌한 것이 아니고 땀도 이혼도 봉헌했고, 각 가정마다 힘든 사연을 봉헌했을 것이다. 본당을 지어 봉헌했으니 우리가 할 일이 끝난 것은 아니다. 이제는 우리 모두 본당을 아끼고 잘 가꾸어 가야 하는 의무가 주어진다. 새롭게 지어진 성당을 우리의 기도와 사랑으로 채워 나가야 진정한 하느님의 성전이 되기 때문이다. 우리 성당은 나의 장례미사가 봉헌될 성당, 내가 예수님을 만났고 사랑했던 성당, 나를 지켜 주고 나를 보호해 주었던 정이 깃든 성당. 내가 힘들 때 찾아와 주님께 하소연도 하고 눈물을 흘리던 성당이다. 내가 가장 편하게 머물 곳은 어디인가?

숨 돌리기

지난 월요일에야 오래간만에 집에 다녀왔다. 부모님께 빚진 것을 갚는다는 생각이 들었다. 계절이 어떻게 지나고 있는지도 모르게 지냈던 터라 차창 밖으로 펼쳐지는 모습이 낯설게 느껴졌고, 싱그러운 연보랏빛 나뭇잎들이 하늘거리는 모습이 새롭게만 다가왔다. 주변의 논을 둘러보니 몇 군데 모를 내고 있는 모습도 보였지만, 거의 모를 낸 상태였다. 주변 풍경을 보면서 "벌써 이렇게 되었나?"를 되뇌게 되었고, 한편으로 먼 여행에서 지친 몸으로 돌아온 후에 느끼는 이방인 같은 느낌이 자꾸 들었다. 아무튼 돌아오는 길에 쉼터를 찾아 차를 세워 두고 하늘을 쳐다보며 기지개를 켜고 심호흡을 했다. 새로운 세상이 눈이 번쩍 뜨인다. 모든 것이 새롭게 보이기 시작했다. 여유로운 마음이 필요한 때가 아닌가 싶다.

지금 들녘에서는 모내기가 거의 끝날 참이다. 모내기를 마

치고 벼가 잘 자라주기를 바라는 농부의 마음이 보인다. 정성
껏 농사를 짓고 하늘에 모든 것을 맡기는 것이 농심이라 배웠
다. 봄 농사를 다 마치시고 동네 친구분과 논두렁에서 막걸리
를 한 잔하시던 할아버지가 생각난다. 이른 봄부터 거름을 뿌
리고 논을 갈고 쓸리고 모를 낸 후라 모든 것이 후련하셨던 거
다. 그래서 동네 할아버지랑 막걸리를 드시면서 시름도 잊고
하늘에 농사를 잘 짓게 해 주십사 하고 바라신 것이 아닌가 하
는 생각이 든다.

　우리는 너무 빠르고 숨 가쁘게 살아간다. 또 그렇게 살아가
지 않으면 사회에서 뒤처지게 되는 것도 사실이다. 그렇지만 가
끔은 숨을 돌리면서 살아가면 좋겠다. 주변에서 일어나는 일
도, 계절의 변화도, 꽃이 피고 지는 것도 느낄 수 없는 바쁜 생
활을 한다면, 하루에 한 번쯤은 하늘을 쳐다보며 숨을 크게 들
이켜 보자. 하늘의 구름과 새가 어느새 내 마음에 담기는 것을
알게 될 거다. 노력을 다 기울인 다음 하느님께 다 맡기는 마음
이 농심이다. 굳이 여행을 떠나지 않아도 주변을 둘러보면 새로
운 많은 것들이 내 앞에 성큼 다가와 있는 것을 느낄 수 있다.
숨을 한 번 크게 들이켜도 세상이 내 안에 담긴다.

부끄러운 여행

나는 가끔 여행을 떠난다. 부산에도 갔다 오고, 제주도에도 갔다 온다. 혼자 갈 때도 있고, 여럿이 갈 때도 있다. 며칠 전에는 설악산에도 갔다 왔다. 가끔이기는 하지만 미국이나 아프리카에도 갔다 온다. 그것도 공짜로 말이다. 그런데 내가 가는 여행은 하루 만에 가능하다. 어떤 때는 한 시간도 안 걸린다. 신부 생활을 하면서 하루 만에 미국에도, 아프리카에도 갔다 오는 것이 가능한 일일까 하고 생각하는 분이 많이 계실 것 같다. 그런데 나에게는 가능한 일이다. 그렇지만 앞으로는 이런 여행을 하고 싶지 않다. 이 공짜여행을 하고 나면 너무나 기분이 좋지 못하다. 쑥스럽고 죄송스럽고 부끄러워서 이런 여행은 안 다니고 싶다.

가끔 묵상을 하다 보면 졸 때가 있다. 잠시 깜빡하는 순간에 다른 생각을 하게 되거나 꿈에 빨려 들어가 여행을 떠난다. 잡생각에 빠져들 때는 잘 모르지만, 깨어나 보면 여행 때의 나는 어디론가 사라져 버리고, 눈이 빨개져 있는 너무나도 한심한 내가 자리하고 있을 뿐이다. 일명 베드로 묵상을 한 것이다. 부끄럽다.

말씀을 읽고, 읽는 것을 믿고, 마음의 양식으로 받아들이고, 말씀을 통해 사랑을 전해 주시는 주님의 사랑을 깨닫는 은총을 앞에 두고 내 맘대로 여행을 떠나 주님의 은총과 사랑을 가리는 어리석은 모습이 바로 나의 모습이다. 이젠 주님의 부활도 지났다. 부활을 준비하던 사순의 마음으로 돌아가자. 좀 더 열심히 살아보자.

스스로 '피곤해서'라고 변명을 하지만, 나는 안다. 영적으로 게으른 탓에 묵상 중에 여행을 떠나게 되는 것을. 나는 또 안다. 준비기도가 부족했음을. 그래서 나는 나처럼 같이 여행을 자주 떠나는 분들에게 성령께 기도하기를 권한다. 여행의 조짐이 있으면 잠시 의식을 바로잡기 위해 성령께 도움을 청하자. 바람이라도 쐬고 돌아오자. 주님께 시간을 드리는 것이니 주님과 함께하는 은총의 여행이 되면 좋겠다.

성모 동산

내가 사는 사제관에는 조그마한 정원이 있다. 네댓 평의 마루 한편에 수녀님들이 만들어 준 조그맣지만 정감이 가는 정원이다. 비싸지는 않지만, 크고 작은 화분이 잘 정돈되어 저마다의 자태를 뽐내고 있다. 그리고 정원 중앙에는 아주 작은 성모님 상이 모셔져 있다. 생각하지도 못한 정원을 선물을 받은 나는 어린아이처럼 행복하기만 하다. 그래서 그런지 나도 모르게 사제관에 들어오면 마음이 편해진다. 내 마음에 꼭 드는 정원이다. 어찌 보면 정원이 아니라, 작은 성모 동산이라고 해야 맞을지도 모르겠다.

성모님을 모시는 내 마음이 푸근해진다. 나는 성모님께 감사를 드리기도 하지만, 때로는 투정을 부리기도 한다. 묵주기도를 바치면서 나는 성모님과 함께 동산을 산책한다. 작은 동산이지만, 산책하려면 반시간은 걸린다.(묵주기도를 하는 시간입니다.) 그러니 이 성모 동산을 작은 동산이라 할 수가 없다. 나는 그런 성모 동산이 마음에 든다.

성모님과 이런저런 이야기를 나누면서 성모님의 사랑을 느낀다. 잔잔한 성가를 들으며 묵주기도를 바칠 때 성모님과 함께 산책하고 있음을 느낀다. 나는 모든 것을 성모님께 말씀드린다. 성모님을 만나서 모든 것을 말씀드릴 수 있는 곳이 있다는 것이 나에게는 정말 다행이다. 그래서 나는 만나는 많은 분들에게 성모 동산을 집에 만드시라고 말씀드린다. 물론 현실적으로 만들 수 없는 가정에서는 마음속에라도 성모 동산을 만드는 것이 어떨까 제안하고 싶다. 기도야 하고 싶은 데서, 하고 싶은 때에 하는 것이 좋지, 정해 놓고 하면 부담이 된다는 분도 계실 것이다. 그러나 경험으로 보면 성무일도에 시간경이 있듯이, 기도 장소나 기도 시간은 정해 놓고 하는 것이 더 효과적이다.

그래서 나만의 기도 장소를 만드는 것이 좋다. 기도할 수 있는 곳, 기도할 시간을 스스로 만들고 정해 가는 것이 우리 영신에 절대적으로 필요하다. 둘러보자. 그리고 찾자. 장소가 없으면 경대나 창틀에라도 모셔 두자. 그리고 오며 가며 기도하고 인사를 드리자.

세상과 교회

교회도 그랬고, 세상도 그랬다. 세상이 혼란스럽고 어지러울 때 훌륭한 인물이 나와 자신의 목숨을 바쳐가면서까지 혼신의 힘을 다해 혼란스러운 세상을 구했다. 마찬가지로 교회가 소금과 빛의 역할을 하지 못할 때 하느님의 뜻을 따르는 성인이 나타나 속화된 위기의 교회를 구했다.

지금 우리나라의 모습을 보자. 정치는 자리를 잡지 못해서 늘 백성들을 불안하게 하고, 경제도 IMF 이후 최악이라는 말이 나올 정도로 국민 모두가 먹고살기 힘들어졌다. 거기다 민생범죄가 늘어나는 추세고, 청소년 범죄가 극성이다. 환경에는 관심이 없는 듯한 국책사업과 명분과 실리가 없는 정책, 미국과 중국의 눈치만 살피는 것이 우리 가슴을 아프게 한다. 어디 하나 시원한 구석이 없는 요즘, 이순신 장군이나 세종대왕 같은 영웅이 나와 나라를 시원하게 해 주었으면 하는 바람이 크다.

우리 교회를 보자. 그전에는 선배 신부님들에게서 신앙이 많이 약해졌다는 평가를 들었는데, 요즘은 신자들에게서도 같은 말을 듣는다. 신앙생활을 하기는 편해졌는데 신앙을 지키기는 힘들어졌다고 한다. 성직자나 신자들 모두에게 해당되지 않을까 싶다. 교회가 대형화, 도시화되면서 가난한 사람들이 설 곳이 없다. 있는 사람들은 끼리끼리 모인다. 교회 안에서조차 신앙에 대한 이야기보다는 세상사에 더 관심이 많다. 세상에서 다투듯 교회 안에서도 다툰다. 기도가 모아지지 않으니 이런 일들이 교회 안에서 일어나는 것 같다. 교회가 그만큼 할 일을 하지 못한 탓이다. 아니, 신부들이 잘못한 거다. 이런 교회에 성인이 나타나서 나약해지고 속화되어 가는 교회에 일침을 가할 때가 된 듯싶다.

이런 꿈을 희망해 본다. '교회에 성인이 필요하다면, 내가 성인이 되자.' 그리고 '우리 성당 신자들과 함께 교회를 쇄신해 보자.'는 생각을 한다. 주교님께 야단맞을 소리일까? 내가 허황된 꿈을 꾸는 것이라면 좋겠다. 그러나 우리의 현실은 힘들다. 그래서 깨어 기도하고 주님의 말씀대로 살아 교회와 세상의 빛과 소금이 되어야 한다고 주님께서 말씀하신다.

먹기 위해 사는 건지?

누군가 우리에게 "당신은 살기 위해서 먹느냐?" 아니면 "먹기 위해서 사느냐?"라는 질문을 하게 된다면, 대부분은 "살기 위해 먹는다."라고 대답을 할 거다. 그러나 어떤 사람들은 먹기 위해 사는 사람들도 있을 거다. 이들은 남이야 어찌 되든지 나만 배부르게 잘 먹고 잘 살면 된다는 식의 삶을 사는 사람들일 거다. 이런 사람들을 보노라면 화가 난다. 속상하고 눈살을 찌푸리게 된다. 사는 의미를 일신의 안일에만 두는 것이 안타깝고 불쌍하게 느껴진다. 본말의 전도가 삶의 방향을 완전히 바꾼 것이다.

신앙생활을 하는 우리도 본말의 중요성을 살펴야 한다. 바쁜 일상생활을 하면서도 무엇이 중요한지, 무엇이 더 필요한지 살피며 살지 않는다면 먹기 위해 사는 사람과 별반 다를 것이 없을 거다. 바쁜 일상을 신앙과 함께한다면 우리의 일상을 주님께 기도로 바치고 제단의 예물로 바칠 수 있을 것이다. 바쁘다는 이유로 신앙을 멀리한다면 신앙이 주는 유익을 깨닫지도 얻지도 못하고 만다.

우리 주변에는 삶이 힘들어 먹기 위해 사는 사람들도 있다. 그분들의 삶 속에도 주님이 자리하고 있다. 이분들이 주님의 위로와 사랑을 듬뿍 받고 힘을 내면 좋겠다. 가난하더라도 주님께서 함께하고 있음을 잊지 않으면 좋겠다.

탐욕은 7죄종에도 포함된다. 그 자체로도 죄이며, 다른 더 큰 죄로 이끌기 때문에 탐욕을 경계해야 한다. 탐욕이라면 말씀드린 대로 삶의 의미와 방향까지도 바꾸어 버릴 수 있다. 무엇을 하든지 그 일이 주님을 지향하고 있는지를 살펴야 한다. 주님과 함께하지 않는다면, 우리가 행하는 모든 것은 먹기 위한 것으로 변하게 된다.

"지금 내가 살고 있는 것은 나를 사랑하시고 또 나를 위해서 당신의 몸을 내어 주신 하느님의 아들을 믿는 믿음으로 사는 것입니다."(갈라 2, 20) 하신 바오로 사도의 말씀이 드러나기를 고대한다.

넓은 마음

월요일 오후에 사제관 계단에 있는 화분에 물을 준다. 조그만 화분은 조금만 물을 주어도 금방 밑으로 물이 스며 나온다. 그런데 큰 화분은 물을 더 많이 주어야 밑으로 물이 흘러나온다. 그저 당연한 이치인데도 나에게는 신기해 보였다.

몇 해 전에 큰 수해가 난 적이 있었다. 비가 오면 물은 하수구를 통해서 개천으로 빠져나가는 것이 정상인데, 그때는 하수구가 막히고 배수펌프가 고장이 나서 내가 사는 지역이 그야말로 물난리가 났다. 대도시에는 거의 모든 지역이 아스팔트나 콘크리트로 포장이 되어 있기 때문에 물이 땅속으로 스며들지 못하고 낮은 곳으로 순식간에 몰리게 되어 많은 주민들이 피해를 입게 된다. 땅이 물을 받아들이지 못하고 숨을 쉬지 못하기 때문에 물을 한꺼번에 뱉어 내는 것 같다.

우리의 모습도 이러하지 않을까? 우리도 받아들이지 못하면 금방 뱉어 내게 되는데, 이럴 때는 주위 사람들에게 많은 피해를 주게 된다. 때로는 속상한 것도 참아 줄 수 있는 여유가 필요하다. 큰 화분이 더 많은 물을 머금을 수 있고, 포장되지 않은 땅이 더 많은 물을 담을 수 있는 것처럼, 우리에게도 넓고 여유 있는 마음에 많은 사연을 담아낼 수 있는 내 마음을 찾아 보자. 찾으면 정말 기쁠 거다.

고양이와 개

고양이는 기분이 좋으면 꼬리를 내리고, 화가 나면 꼬리를 곧 추세운다고 한다. 그리고 개는 기분이 좋으면 꼬리를 세우고 흔들지만, 화가 나거나 겁이 나면 꼬리를 내리게 된다고 한다. 그래서 개와 고양이는 서로 친해질 수가 없다고 한다. 그래서 인지 개와 고양이는 서로 친하게 지내는 모습을 거의 볼 수가 없다. 이런 말이 정말인지는 몰라도 그럴듯하게 들린다.

사람들도 이와 같은 유형의 사람들이 있다. 서로 성격이 다르고 성향이 달라서 충돌이 잦아지고 싸우고 갈라져서 지내는 모습을 종종 보게 된다. 개와 고양이는 그렇다 치지만 사람들은 그것으로 끝내면 안 되는데도 그런다. 성격이 다르다는 것으로 모든 것을 포기하고 남남처럼 살아간다면, 심한 이야기가 될지 몰라도, 개와 고양이의 삶을 산다고 해도 틀린 말은 아닐 거다.

이제 서로를 이해하고 아는 기술이 필요하다. 있는 그대로의 상대방으로 인정해 주고, 서로의 특성을 이해하고 받아 주는 것이 필요하다. 그렇지 않으면 서로 헐뜯고 비난하는 비상식적인 행동을 하게 된다. 나는 이런데, 너는 왜 그러냐는 식의 사고로는 아무것도 해결되지 않는다. 자라온 환경도, 배움도, 성격도, 취미도 다르지만 서로를 이해하고 배려한다면 좀 더 성숙한 삶을 살게 될 거다. 개와 고양이는 서로 다른 언어를 가지고 있기 때문에 대화를 하지 못하지만, 우리는 같은 언어를 가지고 있기 때문에 충분히 대화를 할 수 있다. 조금만 이해하고 받아들이면 새로운 모습이 우리를 기다리고 있는 것을 발견할 수 있다.

개망초

유월 중순에 성지순례 겸 피정을 충북 제천의 청풍공소라는 곳
으로 한 주간 다녀왔다. 혼자 밥해 먹고 기도하고 미사 드리며
지낸 한 주간은 말 그대로 풍요롭고 거룩한 은총의 시간이었
다. 나는 선교사로 파견된 수녀님 두 분과 한 달에 한 번밖에
미사를 드리지 못하는 공소 신자분들과 함께 매일 오전에 미
사를 드렸다.

하루는 제의를 차려입고 입당하는데, 어디선가 처음 맡아보
는 진한 향기가 내 코를 간질인다. 나는 어디서 향기가 나는지
알아볼 요량으로 입당하면서 여기저기 둘러보았다. 그러나 제
대 앞에는 한 줌의 개망초밖에 없었다. 나는 개망초의 그런 향
기를 처음 맡아보았기 때문에 신기해하며 입당했다.

미사 후에 운동을 하러 나갔다. 나는 산자락을 도는 산길을

308

택해 묵주기도를 하며 걸었다. 그런데 산모퉁이를 도는데 미사 때 맡았던 그 향기가 또 내게 다가왔다. 분명 성당에서 맡았던 개망초의 향기였다. 얼마나 놀랐는지 모른다. 그저 잡초라고만 생각했던 그 개망초가 그런 향기를 내고 있는 줄은 미처 몰랐다. 잡초라도 주님께 봉헌되면 저렇게 아름다운 것을 나는 지금껏 스스로 봉헌하기를 꺼렸고, 초라하고 보잘것없는 것을 무시하고 업신여기며 살아왔다. 부끄러웠다. 주님의 것이라면 값이 달라지는 것을 몰라보았다. 무엇하나 주님의 이름으로 존재하는 것이라면 모두가 귀한 것이고 아름다운 것이라는 것을 우린 너무 잊고 산 것 같다. 내가 잡초라고 멸시했던 것도 저렇게 아름답고 고운 향기를 낼 수 있음을 배웠다. 마찬가지로 내가 무시했던 사람도 자기 자리가 있고, 주님의 손길에 의해 존재하고 나름의 향기를 내고 있을 것이라는 생각을 제대로 하지 못했다.

우리는 개망초를 화초라고 부르지 않는다. 그저 잡초에 가깝게 취급한다. 지천에 널려 있기 때문에 그런 대접을 받는 것 같다. '농사를 망친다.', '망할 놈의 풀'이라고 해서 망초라 한다. 그것도 모두 망친다고 해서 개망초(皆亡草)가 되었다고 한다. 이렇게 개망초는 농사에 전혀 쓸모가 없어 사람들에게 천대를 받지만, 주님의 제단에서는 자기 본분을 다하고 있지 않는가? 사람들은 보통 자기 기준에서 말하고 행동한다. 그래서 따지고 보면 잡초라는 것도 내 기준에서의 구분이다. 그러나 나는 그것이 얼마나 편협한 것인지를 개망초를 통해서 잘 알게 되었다. 아무리 초라하고 보잘것없는 것이라도 거기에는 주님께서 당신의 사랑을 담아 두셨다는 것을 보아야 할 것이다. 이것을 보지 못하면 내 기준에 따라 잡초와 쓸모없는 것만이 존재하게 될 것이다. 올여름, 그렇게 개망초는 스스로를 주님께 봉헌하고 있었다. 이제 개망초는 잡초가 아닌 주님께 자신을 봉헌하는 화초로 내게 남아 있을 거다.

팔불출(八不出) 인생

한 달에 한 번씩 있는 동창 모임에 나가면, 동창들은 본당에서 있었던 일들을 서로 이야기한다. 속상한 일, 신나는 일, 어려웠던 일 등 본당에서 있었던 일들을 서로 나눈다. 그러다가 어느 동창이 자기 본당 신자들을 자랑한다. 그러면 다른 동창들은 팔불출이라고 놀려댄다. 그러나 나는 그렇게 생각하지 않는다. 그 동창의 마음을 이해한다. 그 동창 신부는 본당 신자들에게 감사의 표현을 한 것이다. 또 열심인 본당 신자들을 사랑하는 마음이 담겨 있었다. 그것은 그 본당의 성숙한 신앙이었기 때문에 거북하지 않게 들렸나 보다.

팔불출이란 말을 사전에서는 제달을 채우지 못하고 태어난 사람을 비꼬아 하는 말, 못난 사람을 이르는 말, 몹시 어리석은 사람으로 설명하고 있다. 또 한자를 그대로 표현해 보면, 제대로 나지 못한 8가지로 말할 수 있다. 다시 말하자면, 못난 사람의 여덟 가지 유형이라고 할 수 있겠다.

팔불출에는 ① 자기가 잘났다고 뽐내는 사람 ② 마누라 자랑 ③ 자식 자랑 ④ 선조와 아비 자랑 ⑤ 형제 자랑 ⑥ 잘나가는 누구의 후배라고 자랑하는 사람 ⑦ 제가 태어난 고장이 어디라고 자랑하는 사람 등을 꼽고 있다.

정말 이렇게 자랑하는 사람들을 보면 어딘지 모르게 바보스럽게 느껴진다. 그런데 이 팔불출에 일곱 가지밖에 없다. 아무리 조사를 해 보아도 팔불출에는 일곱 가지 조건밖에 없다. 내 생각이지만, 나머지 한 개는 나에게 가장 못나고 부족한 것, 남에게 상처를 주는 것, 내가 가장 고쳐야 할 것을 드러나지 않게 살피고 경계하라는 의미에서 남겨 둔 것 같다. 그러니까 나머지 한 개는 내 탓에 따라 드러날 수도 있다는 거다.

만일 본당 신부인 내가 우리 본당 교우들을 자랑하고 다닌다면, 사람들은 나에게 팔불출 신부라고 할 것이다. 그런 소리를 듣는다 해도 나는 우리 본당 교우들을 자랑할 거리가 있다면 팔불출이 되더라도 용기 있게 자랑하고 싶다. 본당 신부가 팔불출 신부가 되면 어떤가? 서로의 신앙을 격려하고 힘이 된다면, 동창들에게 팔불출 신부 소리를 듣는다 해도 나에게는

아무런 문제가 되지 않을 거다. 또 본당 교우들의 신앙이 성숙
되고, 본당으로 옮기는 발걸음이 가볍게 된다면 나는 팔불출
신부가 되어도 좋다.

착각도 가지가지

언젠가 부부들의 작은 모임의 피정에서 강의를 할 기회가 있었다. 강의를 마치면서 남편과 아내들에게 작은 쪽지를 나누어 주고 "남편과 아버지로서 또 아내와 엄마로서 내 점수를 쓰고, 내가 상대방에게 주고 싶은 점수를 쓰라."고 부탁을 했다. 그랬더니 참 재미있는 결과가 나왔다. 남편들은 대체로 자기에게 후한 점수, 즉 80점 내지는 90점을 주었고, 부인들은 그런 남편에 대해 30점 내지 40점을 주었다. 반대로 남편들은 아내에 대해 후한 점을 주었고, 아내들은 상대적으로 자신에게 낮은 점수를 주었다.

대단히 죄송한 말씀이지만, 형제님들이 아주 큰 착각을 하고 있다. 부부로 살면서 어쩜 이렇게 다른 생각을 가지고 살까 싶다. 아마도 남편들은 가족들에게 잘 해 준다고 하셨겠지만, 정작 가족들이 원하고 있는 것을 해 주지 않고 내가 정한 방식대로 해 준 결과가 이렇게 낮은 점수의 원인이 되지 않았을까 생각한다. 가족에 대한 남편들의 애틋한 정성이 불편으로 나타난 것일 수도 있다.

우리 신앙인들도 살면서 이런 착각 속에 살 때가 있지 않나 반성해 볼 필요가 있다. 나는 잘 한다고 했는데, 남들은 오히려 불편하게 생각하고 있지 않는가? 그리고 나의 일방적인 생각과 행동으로 남을 대하고 있지나 않는지? 이런 착각은 우리의 생각과 행동을 주님 뜻에 맞게 가꾸어 나가고 또 남을 배려하는 모습을 통해서 극복할 수 있겠다. 착각에서 벗어나 자유로운 만남을 이루어 가자.

난의 향기

아침에 일어나 거실로 나오면 밤새 나를 기다렸다는 듯이 나를 반기는 것이 있다. 지난 성탄 때 절에서 보내온 난에서 나는 향기다. 매년 사월초파일이 되면 성당에서 절로 부처님의 오심을 경축하는 의미로 난을 선물하는데, 그 답례로 사찰에서 성당에 보내온 난이다. 이 난이 하루를 시작하는 나를 설레게 해준다. 하루를 이토록 새롭게 시작할 수 있게 도와주고 있으니 정말 감사한 일이다. 처음에는 이 화분을 별생각 없이 성모 동산 한쪽 구석에 두었는데, 난의 진한 향기를 맡고 나서는 아기 예수님 옆에 고이 모시고 있다.

향기로운 난초의 내음을 맡으면서 비단 난뿐만 아니라 세상 모든 것은 고유의 몫이 있으리라는 생각을 해 본다. 사제관의 자그마한 성모 동산에 있는 난초는 자기의 향기를 뿜어내고, 다른 화초는 꽃을 피워 아름다움을 선사하고, 또 다른 화초는 공기를 정화하여 신선한 공기를 제공한다. 또 어떤 화초는 꽃도, 내음도, 탁월한 공기 정화 능력도 없지만, 수수한 모습으로 아름다움을 간직한 것도 있다. 주인이 알아주든 알아주지 못하든 상관하지 않고 자기에게 주어진 몫을 다하여 성모 동산을 꾸미고 있기에 각자의 최선이 모인 사제관의 성모 동산은 아름답다.

나는 난초처럼 향기로운 내음을 뿜고 있는지, 다른 사람이 뿜어대는 오염된 공기를 들이켜서 정화된 공기로 뿜어내고 있는지를 돌아본다. 때로는 주님을 믿고 따르겠다고 다짐하고 약속했던 내가 난초의 향기를 맡고 좋아했던 것처럼, 나에게서 그리스도의 향기가 나고 있는지 궁금하기도 하다.

주님께서는 각자에게 맞는 각자만의 향기를 주셨다. 그래서 내 향기와 네 향기가 다르다. 그렇지만 너와 내가 내고 있는 모든 향기는 주님을 찬미하는 향기가 된다. 주님의 뜻에 따라 정성스럽게 살면 자연스럽게 그리스도의 향기를 풍길 수 있는데, 어떤 때에는 그 향기를 억지로 뿜어내기를 욕심냈고, 때로는 향기가 나지 않는다고 두려워했는지도 모르겠다. 이제는 두려움과 욕심을 떨쳐 내고 그리스도의 향기를 낼 수 있기를 간구하자. 감사와 사랑을 담아내는 곳에 그리스도의 향기가 있다. 말씀에 따라 사는 곳에 아름다움이 있다.

설익은 과일

여러 해 전에 어느 형제님이 "저희 집 마당에 있는 나무에서 딴 첫 과일입니다. 맛있게 잡수세요." 하시며 배를 몇 개 주셨다. 나는 '주님, 이 형제님이 주신 이 배는 저에게 주신 것이 아니라, 주님께 맏배를 바치신 것이니 기쁘게 받아 주세요.' 하는 마음으로 형제님의 정을 느끼면서 배를 깎아서 먹었다. 그런데 형제님의 정성이 이토록 담겼으니 맛이 특별할 것이라고 생각했는데, 그 환상은 깨지고 말았다. 너무 설익어서 별로 맛이 없었다. 버릴까 생각하다가 형제님의 정성을 생각하고서 그냥 다 먹었다.

모든 과일이나 음식에는 자기의 독특한 맛이 있다. 잘 익은 과일이라야 제맛을 내는 법이다. 과일이 제대로 익지 않으면 맛이 떫거나 시어서 손이 잘 가질 않는다. 이렇게 맛있게 익은 과일이나 음식이 어우러져 밥상을 이루게 되고, 우리는 음식을 맛있게 먹게 된다.

이런 생각을 해 본다. 우리는 주님의 식탁을 이루는 과일이고 음식이다. 주님의 식탁에 제대로 익지 않은 나의 모습을 봉헌하고 있지 않나 반성해 본다. 안 그러길 바라지만, 내가 설익은 과일이어서 주님께서 맛이 없고 시어서 나를 뱉어 버리시거나 잡숫지 않는다면 어쩌나 하는 걱정이 은근히 나를 괴롭힌다.

기도를 열심히 하지 않고, 남의 험담을 밥 먹듯이 하고, 봉사의 기회를 회피하고, 이웃의 아픔을 외면하는 나라면 분명히 설익어서 떫고 신 과일일 거다. 우리는 잘 익은 과일이 되어야 하는 주님의 과일이라는 것을 잊어서는 안 되겠다. 우리는 맛있게 잘 익어 가는 과일이어야 한다. 주님께서는 그런 우리를 귀하게 여기시고 잘 익어 가기를 기다리고 계실 거다. 신앙이 익고, 성품이 성숙되고, 행동이 진실한 과일이 되어 주님의 식탁에 봉헌되는 우리가 되면 좋겠다. 나를 기대하시고, 나를 맛있어 하시고, 나를 귀하게 여기시는 주님의 모습을 그려 본다.

뚜껑을 닫을 줄 알아야 한다

귀동냥한 이야기다. 수녀님들과 함께 어느 식사 자리에 초대를 받았다. 우리를 초대하신 분은 연세가 지긋하신 형제님이셨는데, 그 형제님이 하신 말씀이다. 형제님이 함께하는 어떤 단체에서는 모임 때마다 한 가지 주제를 가지고 토론을 한다고 한다. 한번은 주제가 '술'이었는데, 결론을 "뚜껑을 닫을 줄 알아야 한다."로 내리고 모임을 마쳤다고 한다.

그 말씀을 듣고 나는 나의 모습을 돌아보지 않을 수가 없었다. 술뿐만 아니라 나의 사제직에 대한 모든 부분을 성찰할 필요를 충분히 느꼈다. 주님의 때를 아는 것이 얼마나 중요하고 필요한가, 그리고 스스로를 닫을 줄 아는 절제가 얼마나 필요한 지를 느꼈다. 주님께 절제의 은총을 간구하는 나로서는 그분의 말씀이 자꾸만 생각이 난다.

연세가 지긋하신 분들이 내린 결론은 '경륜에서 나온 지혜의 말씀'임을 직감했다. 술에 대해 여러 가지 이야기를 주고받으셨을 텐데, 결론을 그렇게 '뚜껑을 닫을 줄 알아야 한다.'로 내린 것은 삶을 통해 얻은 그분들만의 지혜라고 여긴다. 나는 그분들 나름의 삶의 이치를 통해서 얻은 돈을 주고도 얻지 못할 금옥과도 같은 소중한 말씀을 얻은 것이다. 그 자리는 식사 자리가 아니고 나를 일깨우는 훈육의 장소였다. 오래간만에 기분 좋은 자리를 만났다.

집회 3, 1 이하

> 무엇이나 다 정한 때가 있다.
> 하늘 아래서 벌어지는 무슨 일이나 다 때가 있다.
> 날 때가 있으면 죽을 때가 있고, 심을 때가 있으면 뽑을 때가 있다.
> 울 때가 있으면 웃을 때가 있고, 애곡할 때가 있으면 춤출 때가 있다.
> 찢을 때가 있으면 가울 때가 있고,
> 입을 열 때가 있으면 입을 다물 때가 있다.
> 서로 껴안을 때가 있으면 그만둘 때가 있다.

소중한 사람들

조용히 쉬고 있던 월요일 오후에 전화벨이 울렸다. 수화기를 들자 "저는 ○○본당 신자 ○○입니다. ○○신부님의 연락처를 알고 싶어 전화를 드렸습니다. 죄송하지만 알려주시면 감사하겠습니다." 하는 음성이 들려왔다. 그런데 그 신부님은 이미 돌아가신 터라 연락처를 알려 드릴 수가 없었다. 고민하다가 어떤 인연인지를 묻게 되었다. 그분은 오래전에 그 신부님에게 신세를 졌는데, 이제야 찾아뵙고 인사를 드렸으면 한다고 했다. 그래서 "신부님은 이미 돌아가셨으니 그 마음을 잘 간직하고 신부님을 위해 기도해 주시면 신부님도 형제님의 마음을 기쁘게 받아 주실 겁니다." 했다. 그분은 못내 아쉬워하시면서 고맙다는 인사를 하고 전화를 끊었다.

아마 그분은 신부님과의 관계를 생각하며 감사하는 마음과 그리워하는 마음으로 그 신부님을 수소문하였을 것이다. 그리고 신부님께서 돌아가셨다는 소식을 듣고 못내 아쉬워하는 마음을 가슴속에 담아 두었을 것이다. 그분은 신부님과의 만남을 생각하며 신부님을 위해 기도하는 마음으로 살아갈 거라고 생각한다. 누군가를 그리워하고 보고 싶어 하는 마음은 나를 과거 속에 묶어 두는 것이 아니라 항상 새로운 마음과 감사하는 마음으로 오늘을 살아가도록 나를 이끄는 힘이 된다.

나를 보고 싶어 하고 만나고 싶어 하는 사람들이 있는지 돌아본다. 나와 어떤 관계를 맺었는지, 어떤 만남을 이루고 살았는지 돌아봐야 하겠다. 그분들의 얼굴을 떠올려 본다. 적어도 마음과 마음으로 만났던 사람들이다. 가슴에 담아 두고 싶은 사람들이다. 모두가 내게 소중한 사람들이었음을 깨닫는다. 오늘은 그분들을 위해 '하늘에 계신'을 한 번이라도 바쳐드리고 싶다. 모두 아름답고 소중한 사람들이다. 그들을 만난 것은 내게 축복이었다.

남식이

남식이는 사무실에 근무하는 남식이(마리아) 말고 성당 마당 구석에 살고 있는 강아지 남식이다. 사무실 남식이가 가끔 마당 한구석에 있는 강아지 남식이의 이름을 바꿔 달라고 난리를 치기도 한다. 강아지 남식이도 남식이란 이름이 자기 이름이란 것으로 알고 있으니 이제 와서 바꿀 수도 없는 일이다. 아무튼 사무실 남식이에게 미안한 마음이 든다.

남식이는 내가 외출할 때나 외출에서 돌아올 때 내 발걸음 소리를 알고 낑낑 소리를 낸다. 나를 반기는 거다. 외출에서 돌아올 때 남식이는 크게 짓지 않고 낑낑거리니 나로서는 꽤나 다행스런 일이다. 만일 남식이가 크게 짓는다면 내가 몇 시에 돌아오는지 다 알리는 꼴이 되니 말이다. 남식이는 그렇게 하면서 나를 배려해 준다. 외출에서 돌아올 때 가끔은 먹다 남은 뼈를 갖다 주면 더 좋아한다. 꼬리를 치면서 나한테 먹어 보란

소리도 없이 싹싹 다 먹는다.

남식이는 주인의 말소리, 발걸음 소리를 다 알고 있으니 어떤 면에서 보면 나보다 낫다는 생각을 해 본다. 남식이가 나를 알고 느끼는 것처럼 나도 내 생명의 주인이신 주님을 알고 느끼고 있는가 반성한다.

나는 예수님께서 함께해 주시기를 바라면서도 정작 함께하시는 예수님을 부담스러워한 적도 있다. 내 마음대로 하지 못하게 될 경우는 예수님이 부담스러워질 수밖에 없다. 남식이는 먹을 것을 주면 꼬리를 치며 먹는데, 나는 감사하지 못한 마음으로 먹을 때가 많다. 남식이는 내가 쓰다듬어 주면 그저 침을 흘리며 좋아하는데, 나를 위로해 주시는 주님의 손길에 나는 무감각하기만 했다. 이렇게 남식이는 나에게 예수님을 알려 주는 몫을 톡톡히 하고 있다. 오늘은 남식이가 내 선생님이 되었다.

얘들아, 미안하다

얘들아, 정말 미안하다. 어른들이 너희들의 앞날을 힘들게 하고 큰 부담만 안겨 주는 것 같아 미안한 생각뿐이구나. 너희에게 자연을 훼손시키지 않고 아름다운 상태 그대로 넘겨주고 싶었는데, 그러기가 쉽지 않겠다는 생각이 든다. 불의와 부정이 판치는 세상보다는 정의와 평화가 넘치는 그런 세상을 전해주고 싶었는데, 그것도 이제는 힘에 부치는구나. 그저 현재의 이익만을 추구하는 어른들의 안일한 생각들이 너희를 볼 면목을 없게 만드는구나. 그렇다고 이렇게 끝내는 것은 더욱더 아닌 것 같은데 지금으로서는 어떤 힘도 지혜도 없단다. 그저 내 안의 부끄러운 모습만 쳐다보고 있단다.

거기에 너희들이 "신부님, 위법이지만 유효한 것이 무엇입니까?"라고 질문을 한다면, 나는 그런 미안함과 부끄러움이 더해질 거야. 뭐라고 대답을 해야 하니? 또 "신부님, 제가 커닝을 했는데, 그 점수는 유효한 것인가요?" 한다면, 거기에 나는 무슨 답을 해야 하니? "그저 세상이 다 그렇단다."라는 말로 부끄러운 어른임을 회피하고 말까? 혼란스러워하는 너희들의 모습이 눈에 선하다. 이제 너희들을 가르칠 힘을 어디서 찾아야 한단 말이냐?

평소에 나는 너희들에게 "무엇을 하든 지금 하고 있는 것을 열심히 하면 그 방면에서 인정받는 사람이 될 거야." 이렇게 말해 왔었건만, 이제는 그런 말도 하지 못하게 될 것 같아 더 미안하다. 너희들이 예의가 없다고 야단도 쳤고 미사 시간에 떠든다고 혼도 냈지만, 그것도 철 지난 얘기 같구나.

하지만, 얘들아, 끝까지 우리에 대한 사랑과 희망을 버리지 않으신 예수님께서 나와 너희에게 함께해 주고 계시니 힘을 내야겠지? 그래. 여기서 좌절해서는 안 되겠다. 그렇지? 우리라도 정신을 차리고 이 나라에 정의와 평화가 샘솟는 그날을 위해 열심히 기도하고 공부하자꾸나. 그래서 어른들의 세대가 끝나고 너희 세대가 올 그때에 너희가 예수님의 정신을 세상에 드러내 보여주면 좋겠다. 그날이 올 때까지 힘내서 열심히 살자. 우리 모두 힘내자.

성숙의 계절

벌써 단풍이 지고 초겨울로 접어든다. 올해에도 가을 나들이를
하지 못한 것이 아쉽지만, 성당 마당에서 풍요로운 가을을 대
신하고 있다. 본당 신부인 나로서는 시간이 바쁘니 어쩔 방법
이 없다. 나와 같은 처지에 있는 분들과 함께 성당 마당에서 마
지막 단풍을 보면서 가을을 느끼기를 초대하고 싶다. 늦가을
을 보내면서 자신의 삶을 뒤돌아볼 줄 아는 사람으로 거듭난
다면 그리고 돈과 명예, 권력 등의 무상함을 깨닫는 사람이라
면 가을을 충분히 느끼고도 남을 거다.

가을은 풍성한 결실을 거두는 계절이며 자신의 모든 것을
버리고 새로운 삶을 준비하는 계절인데, 계절의 변화를 보면서
도 우리의 새 삶을 준비한다면 비록 가을 여행을 한다고 하더
라도 가을의 풍요로운 삶을 충분히 이어가지 못하는 거다. 바
꾸어 말한다면, 설악산이나 내장산에 가서 단풍 구경을 하며

감탄했다 하더라도 새로운 삶을 준비하지 못한다면, 겉만 보고 온 것에 지나지 않을 거다.

우리네 삶은 계절과 같이 순환해야 한다. 자연도 나고 자라서 결실을 맺는데, 우리네 인간 삶도 이와 같아야 한다. 자연의 순리에 함께하지 못한다면 자연에서 아무런 의미를 찾지 못한다. 신록의 싱그러움과 단풍의 화사함을 뽐냈던 나무가 자신의 아름다움을 다 떠나보내야 내년에 새로운 싹을 틔울 수 있는 것처럼 우리도 낡은 껍질을 벗어버리고 한겨울의 거센 바람을 맞아야만 새로운 삶을 살 수 있다. 주님께서 죽으셨기에 부활하실 수 있었던 것처럼 우리도 우리를 힘들게 했던 집착에서 벗어나고 죽어야만 풍요로워질 수 있고 새롭게 살 수 있다. 얼마나 아이러니한가? 그러나 이것이 자연의 진리이다. 이것에서 자유로운 사람은 아무도 없다.

가끔은 몸부림치는 고독 속에서 나를 찾아보면 어떨까? 먹고살기도 힘든데 무슨 궁상이냐고 할 사람도 있겠다. 그러나 그럴수록 돌아보기를 권한다. 과거의 알량한 권력이나, 부정한 돈맛에 집착하는 사람은 새로운 세상을 볼 수 없다. 그들은 여름의 화려함과 가을의 풍성함을 즐기지만 혹독한 겨울을 견디지 못한다. 이제 늦은 가을이다. 고독과 외로움 속에 희망이 담

겨 있으니 두려워 말고 늦가을을 새로운 마음으로 받아들이
자. 고독과 외로움은 나를 죽이지 못한다. 우리 신앙인에게는
또 다른 새로움으로 시작할 수 있는 힘과 지혜가 있다. 주님께
서 죽으셨다가 부활하신 것처럼 우리의 삶도 죽어야만 새로운
삶을 살 수 있는 은총을 얻게 된다. 죽어야만 사는 우리임을
생각하는 오늘이다.

연평도 사연

2010년 11월 23일 오후 2시 23분은 잊을 수가 없다. 평화로운 연평도에 포탄이 떨어진 날이다. 분명히 나에게 큰 시련이었지만 한편으로 신앙을 키워준 사건임에 분명하다. 내가 하느님을 만난 날이기에 더욱 잊을 수 없다. 나는 힘들거나 속상할 때 가끔 그날을 돌아보면서 속상한 마음을 바로잡곤 한다. 그때는 목숨까지 내놓을 수 있었는데 이런 일로 흔들려서야 되겠는가 하는 마음으로 다시 시작한다.

나는 평소 오전에 산으로 운동을 다녔는데, 그날따라 오후에 가게 되었다. 운동을 갔다 와서 씻는데 굉음과 함께 지진이 난 것처럼 건물이 심하게 흔들렸다. 놀라서 나가 보니 성당 마당과 주변에 포탄이 떨어져 있었다. 나중에 안 사실이지만, 포탄이 5미터만 더 날아왔다면 나는 분명히 죽었을 거다. 이미 구 사제관은 전파가 되었고, 내가 머물던 곳은 벽에 금이 가고 지

붕이 날아가고, 유리창과 현관문이 모두 박살이 난 상태였다. 내가 조금만 다른 곳에 있었다면 목숨이 잘못될 수도 있었다는 것을 나중에 알게 되었다. 성당에 들어가 보니 십자가의 길, 전등, 시계 등 부착물이 떨어져 있었다. 생각보다 피해가 심했다. 성모상 주변에도 포탄이 떨어졌는데 성모상은 의외로 말끔했다. 신기했다. 나중에 포탄 전문가에게 들으니 자기도 이런 경우를 도저히 이해할 수 없다고 한다. 성모상은 2발의 포탄 사각에 들어 있었기 때문이다. 그 형제님은 당시에 냉담 중이었는데, 그 일을 계기로 성당에 나오게 되었다.

나는 즉시 주교님께 보고를 드렸다. 그랬더니 주교님은 "방송을 보고 걱정을 많이 했다. 다치지 말고 잘 대처하기 바란다. 기도하며 기다리겠다."는 말씀으로 위로해 주셨다. 첫날은 주민들과 대피소에서 잠을 잤다. 그리고 다음 날, 당시 전례분과장 마르코 형제님이 나를 데리러 성당에 왔다. 오후 1시에 배가 있으니 인천으로 피난 가자는 것이었다. 그래서 나는 성체를 모시고 뱃터로 나갔다. 그런데 배가 떠나고 없었다. 하는 수 없이 다른 배가 오기를 기다렸다. 1시간 정도 기다리는데 배가 들어오고 있었다. 가서 알아 보니 5시에 출항 예정이라고 한다. 어쩔 수 없는 상황이라 기다리는 수밖에 없었다. 그런데 갑자기 성당도 안 지키고 나 살자고 도망가는 것 아닌가 하는 생각이 들었다.

결정을 내리기까지 많이 망설였다. 아직도 포탄 소리가 들리고 있었기 때문에 언제 어디에 떨어질지도 모르는 상태라 항상 긴장하면서 몸을 피할 곳을 찾아야 했다. 결정을 내리기가 더 힘들었던 것은 부모님과 형제들, 사랑하는 사람들이 눈에 밟혔기 때문이다. 내가 이분들을 포기하지 않으면 성당을 지키러 갈 수가 없는 상황이었다. 그리고 사제관은 이미 전기, 전화, 보일러, 수도, 인터넷이 모두 끊긴 상태라 지내기가 불편한 것을 넘어 쉽지 않은 상태였다. 그래도 신부인지라 성당을 지키러 가야 한다는 생각으로 발걸음을 돌리는데, 나도 모르게 눈물이 나왔다. 지금 생각해 보니 두려움과 무서움의 눈물, 부모님께 대한 죄송함의 눈물이었다. 속으로 '어머니, 아버지, 죄송해요. 저는 성당을 지키러 가야만 해요.'라고 하면서 눈물을 흘리며 발걸음을 돌렸다. 그러는 중에 "주님, 주님께 저의 목숨과 부모님, 그리고 두려움과 불안, 걱정을 다 맡깁니다. 저와 부모님, 성당을 지켜 주세요."라는 기도가 절로 나왔다. 성당까지 걸어서 40분 걸리는 거리를 두려움과 무서움, 죄송함과 안타까움의 눈물을 흘리면서 걸어가는데, 어느 때부턴가 평화의 눈물, 기쁨의 눈물로 바뀌고 있음을 느낄 수 있었다. 아니. 이게 뭔가? 두려움과 무서움, 죄송함도 사라지고 평화가 샘솟는 것이었다. 나중에 부모님을 만나서 "어머니 아버지, 죄송해요. 사실은 저는 어머니, 아버지를 버렸었어요."라고 했더니 "알아요. 난 신부가 신부 살자고 성당과 신자를 버리고 뛰쳐나오면 어쩌나 하고 걱정을 얼마나 했는지 몰라요." 하신다.

예수님께 모든 것을 맡기니 마음이 평화로웠다. 내 목숨도, 부모님도, 형제도 다 맡겼다. 그러는 가운데 예수님은 내 안에 성경 말씀을 설명할 수 없을 정도로 진하게 새겨 주셨다. "내 제자가 되려는 사람은 부모나 형제, 자녀, 심지어 자기 목숨까지 미워해야 한다. 나 때문에 목숨을 잃는 사람은 목숨을 구할 것이다." 지금껏 이 부분에 대해서 강론도 많이 하고 묵상도 했지만, 이 성경 말씀이 이런 뜻인지 깊게 깨달았다. 예수님은 자신을 버리고 미워하라고 말씀하시는데, 정말 버리고 미워하란 말씀이 아니었다. 온전히 당신께 맡기라는 말씀이었다. 온전히 맡기면서 모든 것이 아니고 주님께 맡기는 것은 다 주님께서 손수 지켜 주실 거라는 믿음을 주셨다. 정말 발걸음을 돌리기 힘들었지만, 울면서 "주님. 주님께서 다 지켜 주세요. 저는 지금 죽을지도 모르니 부모, 형제, 사랑하는 사람 모두를 지켜 주세요. 내 목숨도 드리니 받아 주세요." 하면서 묵주기도를 한 것이 나에게는 은총이었다. 물론 육체적, 정신적으로는 너무 힘든 결정이었지만, 영적으로는 너무 은혜로운 결정을 한 것 같다.

연평도에서 이틀을 지내고 인천으로 나갔다. 인천에서는 찜질방에서 신자들과 함께 지냈다. 신자들은 고향을 떠나서 서러웠고, 본당 신부인 나는 성당도 없이 남의 눈치를 보면서 미사를 드리는 것이 서러웠다. 찜질방 구석에서 미사를 드리다가 시끄럽다고 야단도 맞고 쫓겨나기도 했다. 모든 신자들이 울면서 미사를 간절하게 드렸다. 그런데 이런 간절함이 오래가지 못했다. 보상 문제, 집을 지어 주는 문제, 동네 재구성 등의 문제가 등장하니 간절했던 마음이 사라지기 시작했다. 나는 포탄을 집에 맞은 것이 아니라 우리 양심에, 신앙에 맞은 것으로 느껴졌다. 이런 큰일을 겪게 되면 신앙이 드러나는 모양이다. 나는 이런 모습을 보면서 보속할 것이 많다는 생각을 했다. 그래서 나는 연평도에 들어간 이후로, 보속하는 마음으로 한겨울에도 불을 안 때고 지냈다. 성전 온도가 영하 10도가 넘는데도 난로를 켜지 않고 미사를 드렸다. 미사 중에 손 씻는 예식이 있는데 물이 얼어서 손톱으로 툭 치다가 손톱이 깨지는 아픔도 겪어야 했다. 이때만큼 기도를 많이 했던 적도 없었다.

지금 생각해 보면, 포탄 맞은 것이 인간적으로는 불행하고 힘든 시간이었지만, 신앙적으로는 가장 은혜로운 사건이었다. 내 목숨을 주님께 맡겼고 주님께 간절히 기도했고 성전을 지키려 온갖 애를 썼기 때문이다. 내 목숨을 하느님께 맡기니 내가 가야 할 길을 찾게 해 주셨고, 집이나 토지, 부모나 형제, 자녀를 버리니 참평화를 얻게 해 주셨다. 고통, 걱정, 아픔과 분노, 슬픔, 미움까지 하느님께 맡기니 마음의 평화를 주셨다. 다 맡기고 나니까 예수님의 사랑이 보이기 시작했다. 다 맡기고 나니 예수님을 만날 수 있었다. 고통이 은총으로 드러난 거룩한 시간이었다. 이게 그렇게 내가 찾던 신앙의 신비, 예수님의 사랑이었다. 우리의 모든 것을 주님께 맡기면 그것은 더 이상 내것이 아니라 주님의 것이 되고, 주님께서 알아서 이끌어 주시면서 우리에게 마음의 평화와 기쁨을 주셨다.

나는 목숨으로 내 신앙과 나에게 맡기신 성전을 지킬 수 있었다. 이때 하느님을 만난 이후로는 겁나는 것이 없었다. 그리고 모든 것에 자신감 있는 모습으로 대할 수 있었다. 목숨을 걸고 지킨 신앙이었기 때문에 나에게 주신 믿음이 자랑스러웠고 주님과 성모님께서 함께하시니 모든 것이 두렵지 않았다.

아~ 연평도
내가 목숨을 바쳐 신앙을 배우고
사랑을 깨달은 곳.
그립다.

336